아무튼, 명언

아무튼, 명언

하지현

위고

차례

내게는 명언 창고가 있다

내게는 명언을 모아놓는 창고가 있다. 아주 오래전부터 책을 읽다가 좋은 경구가 있으면 블로그에 폴더를 만들어 적어놓거나 문서 파일로 저장해놓았다. 명언의 수가 늘어나면서는 엑셀 파일을 하나 만들어서 주제별로 정리해두기도 했는데, 지금은 에버노트에 '쓸모 있는 인용구'와 '짧은 메시지'라는 폴더에 다람쥐 도토리 모으듯 기록하고 있다. 이번에 세어보니 얼추 천 개 정도의 문장이 쌓여 있다. 폴더를 둘러보면 부자가 꽉 찬 자기 곳간을 둘러보는 마음이 어땠을지 짐작이 간다.

20년 넘게 매년 한 권 정도씩 책을 내면서 글을 쓰는 루틴이 만들어졌다. 주제를 잡고 세부 목차를 작성한 다음에는 완성도를 따지지 않고 글의 전체 흐름에 주력해서 꾸역꾸역 써내려간다. 일단 초고를 다 쓰고 나서 전체 완결성을 보며 수정하는데, 이때 명언과 인용구 폴더를 연다. 강조하고 싶은 부분이 있을 때, 전체를 아우르는 함축적 메시지를 주고 싶을 때, 마무리를 깔끔하게 하고 싶을 때 한두 개의 문장을 저며 넣는다. 많으면 과하고 적으면 아쉽다. 마치 요리사가 플레이팅을 마무리할 때 고수나 홍고추를 썰어 올리고, 깨를 뿌리는 것과 비슷하다. 문장 '하나'만으로 허전해 보이던 곳이 메워지고, 밋밋하던 곳에 빛나는 포인트가 생기면서 전체적인 균형이 잡힌다.

글쓰기에 있어 명언은 나에게 소중한 도구다. 명언의 문장은 구체적이지만 범용적 해석이 가능하다. 앞뒤에 놓인 글의 맥락을 따라 함께 움직이기에 메시지가 지나치게 퍼지지 않고, 은유적으로 표현되기 때문에 그 문장을 읽는 사람의 기억을 건드려 글과 접점을 형성하게 해 예상치 못한 시너지를 만들어내기도 한다. 명언은 익숙한 표현에서 출발하지만 전혀 새로운 발상으로 나아가게 해준다. 친숙함과 새로움의 조화, 아는 듯 낯설기도 한 느낌이 주의를 분산하는 게 아니라 적당한 긴장감을 주기 때문이다. 이 과정에서 익숙한 흐름에서 놓쳤던 본질로 나아갈 문이 열리기도 한다.

이런 효과를 독자로서도, 저자로서도 경험하면서 나는 강박적 명언 수집가가 되었다. 무심히 읽던 글에서 좋은 문장을 발견하면 휴대폰을 들어 사진을 찍거나, 밑줄을 그어놓았다가 메모를 하기도 하고, 책상에 앉아 있을 때에는 노트북을 열어 적어놓는다. 독서를 통해 명언을 거의 채굴해오다시피 한 나에게, 인용할 만한 문장이 많은 책은 자연히 더 귀한 '물건'이 된다.

희망은 가장 사악한 것이다. 인간의 고통을
연장시키기 때문이다.

드라마나 영화를 볼 때도 마찬가지다. 위의 문
장은 미국의 범죄 드라마 〈크리미널 마인드〉 시즌 5
에피소드 16이 시작될 때 인용된 니체의 말이다. 이
드라마는 에피소드 시작과 끝이 명언 인용으로 이루
어져 있는데(온라인상에 이 문장들을 모은 기사나 사
이트가 다수 있을 정도다), 어떻게 보면 뻔한 범죄 스
릴러물일 수도 있지만, 각 에피소드가 명언과 연결되
면서 인생 전반에 대해 생각해볼 여지를 준다. 덕분
에 나도 시즌만 열여덟 개가 넘는 긴 여정을 빠짐없이
함께하고 말았다.
　　광고 카피나 유명인의 인터뷰를 읽으면서도 눈
에 들어오는 문장이 있으면 멈춰서 한 번 더 읽고 곰
곰이 되씹어본다. 내 마음속 버튼이 눌리면 그 문장
을 어딘가에 꼭 적어놓는다. 이렇게 나는 명언이라고
할 만한 문장을 차곡차곡 쌓아왔다.

　　상담과 진료는 언제나 짧게 느껴진다. 내담자가
들려준 이야기를 정리해 다시 들려주거나, 지금 고민
하는 문제를 해결할 돌파구를 제시해야 하는데 시간

은 늘 턱없이 모자르다. 이럴 때 압축된 메시지를 담은 은유적인 문장(그렇다! 명언)이 큰 역할을 하는 경우가 많다. 최선의 선택을 하고 싶은 불안에 걱정만 하느라 실행에 옮기지 못하고 있는 분에게는 때마다 설득하고 '불안해하지 말고 일단 해보자'는 말을 건네는 게 좋을 때도 있을 것이다. 하지만 나는 그에 앞서 "윌 로저스라는 사람이 말했는데, 걱정은 흔들의자와 같아서 계속 움직이지만 아무 데도 가지 않는대요"라고 운을 띄워 본다. 흔들의자의 움직임을 연상해보면서 걱정과 불안에 좁아져 있던 사고에 숨통이 트이고, 자연스럽게 현재 자신의 상황에 대입해서 지켜볼 여지가 생긴다. 시각적 심상을 담은 비유적 표현이 '걱정을 하는 동안 했던 생각과 추측을 실천적 행동으로 착각하고 있었다'는 사실을 단번에 깨달을 기회를 열어주는 것이다. 문제를 직접 직면하게 하거나 섣불리 설득하려 했으면 단단한 내면의 방벽에 튕겨져 나가버렸을 상황이 명언을 활용하면서 의외로 쉽게 풀리곤 했다.

명언은 마음속에 중립적인 심상을 불러들인다. 걱정하던 문제와 중립적인 이미지를 동시에 수용해 비교하는 과정에서 표면적으로 연관이 없어 보이는 것의 공통점을 지각하게 된다. 언어와 심상이 통합되는 과정을 통해 마음의 다중성을 깨닫고, 이를 토대로 다양한 상황을 받아들이고 그에 맞게 행동할 수 있게 된다. 상대적으로 안전하고 지적인 만족감이 충만한 치료적 여정이라고 할 수 있다. 상담이 있고 몇 달이 지난 뒤에 "선생님이 전에 해주신 얘기를 저와 비슷한 고민을 하는 친구에게도 해줬어요. 고마워요"라고 말하는 분도 있다. 잘 정리된 한 문장이고 이미지로 바로 떠오르니 써본 것이다. 명언, 그리고 그 안에 담긴 뜻은 이제 자연스럽게 그의 것이 되었다.

이 책은 이런 경험 속에서 오랫동안 모아온 수많은 문장들에서 시작한 글이다. 내게 그랬듯이 명언들이 여러분의 눈을 거쳐 가슴에 닿아 감정의 타래를 타고 퍼지기를, 잊고 있던 이미지를 끌어내 마음의 더 깊은 곳까지 비추기를 바란다. 짧은 한 줄의 문장이 가진 힘은 크다. 그건 마치 날카로운 바늘과 같아서 절대 뚫리지 않을 것 같던 방벽을 무너트릴 틈을 내준다. 짐을 잔뜩 실은 채 오도 가도 못하는 수레를 굴러가게 하기 위해서는 바퀴에 고인 돌 하나를 툭 쳐서 빼는 것으로 충분할 때도 있다.

넌 다 계획이 있구나

오타니 쇼헤이는 고등학생 시절 만다라트(Mandal-Art)*를 통해 18세에서 42세의 인생 계획표를 만들고 실천에 들어갔다.

18세: 메이저 리그 베이스볼(MLB) 구단 입단

19세: 영어 통달, 마이너 리그 트리플A 입성

20세: 메이저 리그 승격, 연봉 1,300만 달러

21세: 선발진 합류, 16승 달성

22세: 사이 영 상(Cy Young Award) 수상

23세: 월드 베이스볼 클래식(WBC) 일본 대표

24세: 노히트 노런 달성, 25승 달성

25세: 세계 최고 광속구 시속 175킬로미터 달성

26세: 월드시리즈(WS) 우승과 함께 결혼

27세: WBC 일본 대표로 리그 최우수 선수(MVP)

28세: 첫아들 태어남

29세: 두 번째 노히트 노런 달성

30세: 일본인 투수 통산 최다 승 달성

---

*   불교의 만다라 형태와 유사한, 활짝 핀 연꽃을 연상시키는 차트를 이용해 아이디어를 발상해 나가는 사고 기법. '연꽃 기법', '연꽃만개법'이라고도 한다.

31세: 첫딸 태어남

32세: 두 번째 WS 우승

33세: 둘째 아들 태어남

34세: 세 번째 WS 우승

35세: WBC 일본 대표

36세: 탈삼진 신기록?

37세: 장남 야구 시작

38세: 성적 하락, 은퇴 고려 시작

39세: 40세에 은퇴 결정

40세: 마지막 경기에서 노히트 노런 달성

41세: 일본 귀국

42세: 미국 야구 시스템 일본에 소개?

이 뉴스가 알려진 것은 2017년, 그가 메이저 리그에 입성하던 시기다. 2024년 만 30세인 그는 실제로 많은 것을 이루었고 결혼도 했다. 처음에는 만화 주인공이나 세울 법한 계획이라고 여겼는데, 놀랍게 이도류(二刀流)*로 투수와 타자를 겸업하던 시기에는

---

* 양손에 칼을 쥐고 싸우는 검술의 유파를 이르는 말로,
성질이 다른 두 가지 일을 동시에 하는 것을 비유하는
일본식 표현이다.

만화로 나오면 너무 비현실적이라 인기가 없을 것이라고 생각될 만한 기록을 세웠다.

인생의 목표를 세우고, 이를 달성하기 위한 단계별 계획을 짠 다음 차근차근 실천하는 것은 가장 바람직한 삶의 정공법이다. 그렇지만 계획은 원대하나 실천은 그렇지 못한 것이 또한 현실이다. 목표와 계획이 거창할수록 중간 단계에서 이루지 못할 확률이 높고, 그렇게 실패를 경험하면 자신이 삼은 목표를 달성할 가능성에서 점점 멀어진다. 급기야 확실히 다 망쳤고, 노력해 봐야 소용없다는 생각에 그냥 방문을 걸어 잠그고 커튼 치고 이불 안에 들어가 눈을 감아버리게 된다.

세상이 불확실할수록 스트레스는 커진다. 그럴수록 일어날 경우의 수를 잘 파악해서 점검하고 계획을 철저하게 세워야 한다고 믿는다. 나도 초행길을 운전해서 갈 때에는 두 개 이상의 지도를 열어서 어느 길로 가는 게 더 나은지 비교하는데, 먼 길일수록 가는 과정에 돌발적으로 일어나는 일들을 예측하지 못하니 처음 계획한 시간대로 가지는 못한다. 그런데도 반복해서 계획을 세운다.

일기예보는 영어로 'weather forecast'이다. 여기서 'forecast'는 '앞으로(fore) 던지다(cast)'이다.

즉 무엇인가를 앞으로 정확하게 던지기 위해 목표 지점을 가늠하고 정확한 각도와 강도를 재는 것이 예측이다. 다른 변수가 없다면 예측은 틀리지 않지만, 안타깝게 우리의 삶은 그렇지 못하고 여기저기가 지뢰밭이다.

넌 다 계획이 있구나.

영화 〈기생충〉의 유명한 대사로, 아들을 대견해하며 아버지가 한 말이다. 그러나 이는 사후확증편향일 뿐이다. 잘된 일을 돌아보면 계획대로 이루어졌다는 생각에 뿌듯해할 수 있지만, 좋은 것만 돌아보니 그런 계획을 처음부터 세웠던 것처럼 보일 뿐이다. 현실은 예기치 않은 일들에 우왕좌왕 좌충우돌 즉각적으로 대응한 결과의 총합이다.

지금의 내 모습도 그렇다. 남들 눈에 나는 '계획된 정신과 의사'로 보일지도 모른다. 많은 사람이 어릴 때부터 의사가 되기를 원하고, 면접 자리에서 만나는 예비 신입생이나 수업에서 만나는 의예과 1학년 학생에게 희망 전공을 물어보면 20퍼센트 정도는 정신과 의사가 되고 싶다고 답한다. 실제 내 주변의 정신과 의사 중 절반 정도는 대학에 입학할 때부터 이미 정신과 의사가 되겠다는 결심으로 꿈을 쫓아 지금까지 온 사람들이다. 그런데 나는 학력고사 점수가 나오기 전까지 의대에 갈 생각은 단 한 번도 해본 적이 없었다. 당시 대학 입시는 점수가 나온 뒤 같은 대학교 안에서 세 가지 과를 골라 지원하는 식이었고, 보통은 성적을 기준으로 상중하를 지원했다. 실은 내 실력보다 상에 속하는 의예과는 그냥 한번 지원해본 거였고, 아마 건축과 아니면 화학과가 내 실제 지망이었을 텐데 덜컥 의예과에 합격해버린 것이다.

입학 면접을 볼 때 면접관에게는 기초의학을 하고 싶다고 했고, 나중에 본과에 다닐 때에는 수련을 빨리 마칠 수 있는 가정의학과로 가고 싶었다. 그러다 본과 3학년이 끝날 때가 되어서야 비로소 정신의학이 하고 싶어졌다. 이후로도 지금 내가 근무하는 대학병원에서 교수로 근무하기까지 여러 일들이 있었지만 그중에 계획대로 된 일은 사실 별로 없다. 운과 우연에 의해 기회가 열리고, 어떤 때는 실패하고 어떤 때는 성공한 것이 여러 번 겹치면서 지금의 자리에서 일하게 되었다.

여행 계획도 이런 인생 계획과 비슷한 면이 있

다. 어떤 사람은 철저한 계획 아래 모든 일정을 시간 단위, 혹은 분 단위로 차질 없이 딱딱 맞춰 수행해야 한다고 여긴다. 반면 어떤 사람은 그런 것 없이 느낌 대로 움직이기도 한다. 그래서일까. 'J가 기겁하는 P 의 여행 계획'이라는 짤이 화제가 되기도 했다.

> 호텔에서 라운지 조식 수영장 룰루
> 쇼핑 눈뉴난나
> 육포~타르트 냠냠 늉늉
> 버블티 좌압
> 저녁에는 나이트 라이프 둠칫둠칫
> 글고 담날 아침에 스파나 마사지 받고…

우리 삶의 계획은 아마도 시간 단위로 촘촘하게 짜인 파워 J의 계획표와 P의 헐렁한 투두리스트 사이 어딘가에 있을 듯하다. 이때 떠오르는 것이 일본 철도회사 JR의 '청춘18' 티켓의 광고 카피다(청춘18 은 코레일 '내일로' 티켓이나 유레일 패스 '유스'와 유사한 프리패스 티켓으로, 만 18세 이상이라면 누구나 5일 동안 신칸센 이외의 모든 완행열차를 이용할 수 있다). 광고 카피는 '청춘'들에게 이야기하고 싶은 메시지를 여행에 비유해 건네는데, 인상적인 내용이 많다. 이런 카피가 대표적이다.

아아, 여기다, 내리고 싶은 역이 분명히 있다.

만 18세라면 원하는 대학에 들어갔을 수도 있고, 입시에 실패했을 수도 있고, 사회로 나가 일을 시작했을 수도 있다. 인생의 목표를 세우고 열심히 노력하고 있거나, 목표 자체를 찾기 어려워하며 방황하고 있을 수도 있다.

기차를 타고 여행한다는 건 목적지가 있다는 뜻이다. 그렇지만 창밖을 보다가 문득 그 지역에 사는 친구나 친척이 떠오르거나 창밖으로 보이는 유적지 안내판이나 마을의 분위기가 눈길을 사로잡아, '아, 여기서 내려볼까?' 하는 생각이 들어 내려본대도 나쁘지 않다.

느슨한 관계가 기회를 만든다는 말이 있다. 이너 서클로 탄탄하게 맺어진 관계 안에서는 정보와 인맥이 90퍼센트 이상 겹친다. 그러니 난관에 부딪혔을 때 새로운 돌파구를 만들기 어렵다. 아는 것이 뻔하니 생각해내는 해결책도 비슷할 수밖에 없다. 이럴 때 도움이 되는 것이 '느슨한 관계'이다. 아주 멀지도 가깝지도 않은, 적당히 아는 사이이면서 자신과는 다른 영역에서 살아가는 사람이 전혀 생각하지 못했던 아이디어를 제공하거나 기회를 열어주고, 사람을 연결해준다. '아, 여기서 내려볼까' 생각이 드는 역이 바로 그런 기회와 같다.

삶은 불확실하고 유동적으로 열려 있어서 계획보다 우연의 힘이 더 강할 때도 있다. 막히던 일이 우연한 시도에서 실마리를 얻어 풀릴 때도 많다. 목표와 계획을 세우는 과정에서 이후에 실제로 일어날 문제를 모두 발견하는 것은 불가능하다. 다만, 일어날 법한 일들을 미리 그려보며 무엇을 준비해야 할지 리스트를 만들어보는 것이 최선이다. 목표를 달성하면 좋은 계획을 세웠다고 자축할 수 있지만, 인생이란 살아갈수록 잘될 때보다 잘 풀리지 않는 때가 더 많다. 그게 인생이라는 걸 받아들일 줄 알게 되는 것이 나이를 먹은 사람의 거의 유일한 수확인 것 같다. 그러나 열여덟 살에게는 그게 보이지 않는다. 그냥 자기 인생이 망했다고 생각하기 쉽다. 이 시기에는 일 년 차이, 한 번의 실패가 도저히 따라잡을 수 없는 격차로 보인다(나 또한 그랬었다). 나만이 아니라 누구에게나 일어나는 일이라는 것, 매번 목표를 달성하고 계획대로 착착 진행된다면 그게 더 이상한 일이라는 것은 나이가 들어야 보인다.

계획대로 되지 않는 건 그렇다 쳐도, 옳은 결정이 언제나 의도한 결과를 낳는 것도 아니다. 완벽한 패를 쥐고 있어도 일을 그르칠 때가 있다. 갑자기 판이 엎어져버리는 일은 포커 게임판에서만 일어나는 게 아니다. 그런 일을 때때로 마주하는 것이 현실이고 인생이다. 결정의 정오표와 결과의 정오표는 서로 다른 종이이다. 완벽한 계획과 목표에 목숨 걸거나 그걸 고집할 필요는 없다. 계획대로 해도 결과가 나쁠 수 있고, 정반대로 나쁜 결정이었는데 결과가 좋거나 뜻밖의 행운을 만나는 일도 종종 벌어진다. 그래서 인생이 재미있는 것 아닌가? 청춘18의 다른 메시지들 중엔 이런 것도 있다.

모험이 부족하면 좋은 어른이 될 수 없다.

어쩌면 청춘이란, 목적지에 도착하지 않은 모든 인생을 뜻하는 말인지도 모르겠습니다.

모험까지는 아니지만 우연의 힘을 믿고 한번 질러보는 것, 또 계획대로 되지 않는다고 두려워하거나 불안해할 필요가 없다고 여기는 것이 우리에게 필요한 삶의 마음가짐이 아닐까. 특히나 아직 시작도 하

지 않은 사람들은 '이미 늦은 것', '계획이 어그러졌
으니 망친 셈'이라고 받아들이기보다, '처음 계획과
는 달라졌지만 덕분에 앞날이 흥미로워졌네. 뻔할 뻔
했는데'라고 생각을 전환해보면 좋겠다.

　　난 별 계획 없이 지낸다. 대략 일주일, 길어야
한 달 정도 굵직한 일정을 정하고 나면 나머지는 그
안에서 적당히 굴려가면서 하루의 루틴을 유지하려
노력하는 편이다. 특히 너무 빡빡하게 채우지 않으려
고 주의를 기울인다. 그렇게 하지 않으면 무리하기
쉽고, 시간을 꼭 써야만 하는 돌발 상황이 생겼을 때
나머지 일들이 다 어그러진다. 비워놓은 공간이 여유
를 만든다. 마음과 시간, 에너지의 여유를 갖고 있으
면 계획대로 되지 않아도, 처음 잡은 목표가 이루어
지지 않아도, 갑자기 난처한 일들이 밀고 들어와도
놀라거나 좌절하지 않고 적절히 대응할 수 있다. 덕
분에 감정적으로 놀랄 일이나 좌절하거나 아플 기회
가 줄어들고, 그만큼 전체적으로 평온한 마음으로 무
심하게 지낼 수 있다.

　　이럴 때 열린 마음으로 '여기다 싶은 역'이 있는
지 둘러볼 수 있다. 그 '역'이 의외의 길로 나를 이끌
기도 한다(지금까지의 경험으로는 그렇다). 뻔할 뻔
했는데 덕분에 흥미로워질 일들을 잘 겪어내며, 다음

역을 기다려본다. 이 기차가 어디에 도착하게 될지는 모르겠지만 말이다. 뭐, 지금 여기서 멈춰도 그만이라는 생각도 없지 않지만.

그냥 공회전일 뿐이다

걱정이 많은 편이다. 학회 일로 동료에게 연락을 해야 할 때 그냥 전화해도 되는데, 병원 홈페이지에 들어가서 진료 일정을 먼저 확인하고 통화가 가능한 시간인지 살핀다. 저녁때면 혹시 너무 늦은 시간은 아닌지, 점심시간이면 밥 먹다가 전화를 받는 게 불편할 테니 12시 40분은 지나서 연락해야 하지 않을지 걱정하며 들었던 휴대폰을 내려놓곤 한다. 결국 지금은 좋은 타이밍이 아니라고 판단해 나중 일로 미뤘다가 깜박 잊고 허둥지둥 연락한 게 한두 번이 아니다.

이렇게 미리 조심하는 건 일과의 흐름이 전화로 끊어지는 일에 나 스스로 종종 불편함을 느끼기 때문이다. 전화를 거는 사람은 빨리 연락해서 용건을 마치고 결론을 내고 싶지만, 받는 사람은 전화 때문에 그날의 흐름이 비자발적으로 끊어져버릴 수 있다. 다시 리듬을 찾는 데는 에너지가 든다. 내가 신경을 쓰는 만큼 당연히 타인도 그럴 것이라 여기니 불쑥 전화하는 게 조심스럽고 가장 좋은 타이밍을 늘 걱정하게된다. 행여 내 전화가 그날의 기분 좋은 리듬을 망칠까 봐. 하지만 내가 불편하다고 상대도 똑같이 불편해할까?

나와 아내가 나누는 대화의 절반 정도는 두 아이에 대한 걱정이다. 아이들은 이미 이십대가 돼 알아서 잘 지내지만, 우리는 그들보다 한 세대를 먼저 살면서 경험하고 들은 것들이 많다 보니 좋은 것보다는 나쁜 것들이 기억에 많이 남아 있어 앞으로 벌어질 일들에 대해 희망회로를 돌리며 즐거운 상상을 하기보단 나쁜 일에 대한 우려를 더 많이 한다. 한번은 이런 일도 있었다. 아이가 로또 복권을 샀다며 일등이 되면 효도하겠다고 하자, 나와 아내는 동시에 아들이 혹시 진짜로 일등에 당첨돼 어린 나이에 큰돈을 거머쥐면 앞으로의 인생이 허황하게 무너질까 걱정하면서 아들에게 '요행 따위를 바라는 마음을 갖지 말라'는 훈수를 두었다. 하지만 복권에 당첨되는 게 정말 그렇게 나쁜 일일까? 사지 않은 사람에게는 0퍼센트인 일등 당첨 확률이 한 장이라도 사면 8백만분의 일로 올라가는데 5천 원으로 일주일 동안 즐거운 상상을 할 수 있다면 그것으로도 좋은 일 아닌가. 그런데도 우리는 미리 8백만분의 일의 확률 때문에 아이의 미래를 걱정하며 복권 구입을 말렸다.

작은 걱정이 이렇게 눈사람처럼 커지곤 한다. 걱정은 마치 여행 짐을 싸는 것과 같다. 혹시 필요할지도 모른다는 불안한 마음이 클수록 여행 가방도 커진다. 여분의 옷과 신발은 물론 드라이기나 기타 개인 용품도 빠트리지 않고 챙기고 나면, 2박 3일의 짧은 여행인데도 어느덧 이민 가방 크기의 짐 가방을 꽉 채운다. 막상 가서는 한번 꺼내지도 않고 들고 다니느라 끙끙대기만 했을지라도 마음만은 든든했다는 점이 위로라면 위로일까.

전화할 최적의 순간을 찾느라 타이밍을 놓치고, 아이가 어린 나이에 큰돈을 갖게 되면 인생이 망가질까 작은 재미를 즐기지 못하게 하고, 여행 가방에 만일을 대비한 물건을 하나도 빠짐없이 쌀 생각을 하는 것만으로 질려버려서 여행을 단념하게 되는 일이 벌어진다. 이게 다 걱정이 하는 일이다. 눈앞에 발 디딜 곳이 모두 지뢰밭으로 보이는 것. 윌 로저스는 이렇게 말했다.

걱정은 흔들의자와 같아서 계속 움직이지만 아무 데도 가지 않는다.

끊임없이 고민하고 치열하게 생각하고 있다고 느꼈는데 한참 지나 돌아보면 여전히 의자 위에 있다. 그런데 놀랍게도 우리는 '내가 뭔가 노력하고 있다'고 착각한다. 뇌가 쉬지 않고 작동하고 있기 때문이다. 게다가 몸도 흔들흔들 움직이고 있으니 뭔가 실천하고 있다고 여긴다.

걱정은 앞날을 대비하게 하지만, 모든 일을 다 예측하고 잘 대처할 수는 없다. 경험상 앞으로 일어날 일에 대해 1번부터 10번까지 목록을 짜 대비해놓으면 실제로 벌어지는 일은 14번이나 16번쯤에나 있을 법한 일들일 때가 많았다. 미리 적어놓은 열 가지는 무용지물이자 시간과 에너지를 잡아먹는 하마였을 뿐이다. 하지만 우리는 17번까지 내다보고 헤아리지 못한 자신을 탓할 뿐 생각이 너무 많았다는 점은 가늠하지 않는다.

그래서 한번 걱정의 악순환을 타기 시작하면 걱정은 줄지 않고 늘어날 뿐이다. 특히 요즘의 경쟁사회에서는 한 번의 선택이 돌이킬 수 없는 차이를 만들기도 하기 때문에, 빠르고 쉽게 결정을 내리기가 어렵다. 사는 일이 마치 쇼트트랙 경기 같다. 한 번이라도 스케이트 날을 잘못 내밀거나, 코스를 잘못 선택하면 메달권에 들지 못한다. 결승선을 코앞에 두고 겨우 일등을 하나 했는데 내 옆의 선수가 발을 확 내밀어서 0.01초 차이로 나를 밀어낼지 모른다는 걱정에 잠을 설친다.

미리 감안하지 못한 일들이 일 년에도 몇 번씩 벌어진다. 내가 어떻게 할 수 없는데 내 하루에 보이지 않는 큰 영향을 준다. 이런 상황에서 우리의 최선은 어떻게든 정보를 총동원해 가급적 자기 앞에 놓인 선택지 중에서 가장 나은 선택을 하는 것이다. 그래서 불안할수록 애매함보다는 확실한 믿음을 주는 말을 선호하게 된다. 한편 더 좋은 선택을 하고 싶어서 결정하지 못한 채 출발선에 서서 시간만 흘려보내기도 한다. 그러면서 결정을 재촉하는 사람에게 "좀 가만히 둬, 생각하고 있잖아"라고 역정을 내기 일쑤다.

시간적으로나 금전적으로 여유가 있어 조금 돌아가도 문제가 없는 상황이라면 앞으로 해야 할 일들이 큰 걱정으로 다가오지 않는다. 뭘 샀는데 생각보다 쓸모없거나 원하던 것이 아니더라도 "좋은 경험이었어" 하면서 다시 구매하면 되고, 목적지까지 가는 길에 조금 돌아가게 되었다는 걸 알아도 마음이 급해지지 않는다. 일론 머스크 같은 부자가 여유 있게 베팅하고, 실패에 주눅들지 않고 계속 시도한 끝에 결국 큰 성공을 거두는 것이 이 메커니즘 덕이다.

그러나 그런 여유를 바탕으로 성공한 사람이더라도, 사실 이 흔들의자에서 좀처럼 내려오지 못한다. 가진 게 많고 이룬 게 많은 만큼 스스로 느끼는 '데미지'가 크다. 서너 번의 판단 실수가 회복하기 어려울 만큼의 손실을 줄 거라는 두려움은 잘나갈수록 커진다.

흔들의자에서 우리는 대체로 어떤 생각을 하고 있을까? 크게 두 가지로 나눌 수 있다. 시간 축에서 현재를 영점으로 둔다면, 왼쪽이 '후회'이고 오른쪽은 '걱정'이다. 후회는 이미 한 선택에 대한 생각이다. "내가 왜 그랬지?", "아, 그때 그랬어야 했는데"라고 생각하며 지나온 발자취를 돌아보고 과거의 선택에 대해 거듭 곱씹는 것이다. 걱정은 미래에 일어날지 모르는, 혹은 내가 해야 할 일에 대한 앞선 생각이다. "이걸 선택해도 될까?", "이 일을 해야 할까?".

후회가 많은 사람일수록 지나온 길을 돌아보느라 앞으로 나아가지 못한다지만, 걱정이 많은 사람도 마찬가지로 더 나은 방법을 찾느라 앞으로 나아가지 못한 채 그 자리에 서 있다. 회한에 젖은 사람보다 차라리 걱정이 많은 사람이 낫지 않나 하는 생각이 들기도 하지만 앞으로 나아가지 못하기는 매한가지다.

이런 생각을 해본다. 걱정은 보험과 같은 것이라고. 보험은 미래에 일어날지 모를 위험에 대비하는 것이 목적이다. 만일 한 달에 2백만 원 정도 버는 사람이 150만 원을 다달이 저축성도 아닌 비보장성 보험에 납입하고 있다면, 그게 합리적이라고 생각할 사람이 얼마나 있을까? 걱정이 많다는 건 그런 모양새다. 보험료는 생활이 가능한 선 안에서 합리적으로 내는 것이 좋다. 그렇다고 보험을 하나도 들지 않는 것은 문제다. 렌터카를 빌리면서 보험료가 비싸다고 무보험으로 빌렸다가 사고를 내고 크게 낭패를 보는 경우처럼 말이다. 많은 재무설계사가 적당한 수준의 보험료로 수입의 8퍼센트를 제시한다고 한다. 즉 2백만 원을 버는 사람이라면 15만 원 정도가 적정하다는 것이다. 그렇다면 걱정도 그 정도만 하는 것이 좋지 않을까?

보험료를 내고 남은 나머지 185만 원은 오늘을 위해 쓰거나, 나중을 위해 힘을 비축하는 의미로 저축을 하도록 하자. 마음의 에너지를 돈으로 환산해보면 이해하고 계획 세우기가 편하다. 걱정은 과하지 않게, 남는 에너지와 시간은 뭐라도 '하는' 데 보태자. 하물며 즐거운 상상을 하거나 흥미로운 것에 관심을 기울이는 데 써도 충분히 괜찮다. 흔들의자에서 딱 열 번 흔들릴 동안만 고민하자고 정해보면 어떨까? 마치 수입의 8퍼센트로 보험료를 제한하듯이.

더 나아가서 이미 실행을 하고 난 뒤라 더 할 것이 없는 상황일 때에는 그 일에 대해 부정적이고 비관적인 생각을 하기보다 낙관적인 기대를 하는 게 이득이다. 시험을 보기 전에는 비관적인 걱정을 해도 그 덕에 정신을 바짝 차리고 열심히 준비할 수 있으니 좋다. 그렇지만 시험이 끝나고 난 다음 성적이 나올 때까지의 기간 동안 걱정할 필요가 있을까? 이미 화살은 활을 떠났다. 걱정은 마음만 불편하게 할 뿐 과거의 행동이 달라질 여지도 더 나은 미래를 만들 방법도 없다. 기다리는 동안에는 당연히 "잘될 거야", "어떻든 최선을 다했어. 아쉽기는 하지만 이 정도면 됐어"라는 마음을 갖고, 걱정은 시험 결과를 보고 나서 그다음 번 선택과 행동을 위해 하면 된다. 결과를 기다리면서 90점을 받았을 때, 80점을 받았을 때, 혹은 60점, 40점을 받았을 때의 경우의 수를 하나하나 생각하며 그 대응을 고민하는 사람도 있다. 하지만 그 사람이 이 시험에서 받을 점수는 네 개가 아니라 단 하나다. 그러니 미리 대비책을 마련하기 위해 점수별로 시나리오를 만든다고 해도 단 하나의 실제 결과를 제외하고는 모두 쓰레기통으로 들어갈 내용이다. 잘 보았을 때와 못 보았을 때 정도로 방향만 정하고, 실제 점수가 나오면 그에 맞춰 대응하면 된다. 이런 마음이 있어야 흔들의자에서 내려와 발을 딛고 앞으로 나아갈 수 있다.

뇌가 움직이고 있다고 해서 다 쓸모가 있는 게

아니다. 그냥 공회전일 뿐이다. 게다가 그동안에도 에너지는 아깝게 소모되고 있다. 흔들의자에 앉은 채로 지쳐버려서는 안 되지 않겠는가. '이 정도면 됐어'라고 혼잣말하며 강제로 걱정을 멈추는 훈련이 필요하다. 그보다는 실제로 뭐라도 행동하는 것에 초점을 맞추려 노력해야 한다.

　　내 경우 전화를 걸 타이밍이 고민되면 일단 문자를 보내거나 용건을 담은 메일을 보내고 기다리기로 결정한다. 그리고 다음 단계로 넘어간다. 반나절이 지나도 연락이 없으면 그때 전화를 건다. 여행 가방은 최대한 간단하게 싸려고 하는 편이다. 필요한 것은 현지에서 구매하면 된다는 마음으로. 쉽지 않지만 나를 다독인다. 조금씩 가방의 빈 공간이 늘고 가져갈 가방의 크기도 작아진다. 흔들의자에서 불안정하게 흔들리느니 한 발이라도 앞으로 나아가보려는 노력이다.

중요한 건 올해에도
달리기로 결정했다는 사실

나는 운동을 싫어한다. 특히 작대기로 공을 맞추는 유의 운동은 잘 못한다. 야구, 탁구, 테니스… 그리고 골프. 잘할 가능성이 떨어지는 것이 분명하니 골프를 치지 않는다. 전문의가 된 다음 한동안 친구와 선배들이 이리 좋은 걸 왜 하지 않냐고 묻고, 석 달만 배우면 필드에 데려가주겠다고 유혹도 했지만 과감히 거부했다. 덕분에 내게는 조용한 주말이 주어졌다. 주변을 가만 관찰해보니 골프는 시간도 돈도 꽤 많이 들고, 무엇보다 치고 나서 기분이 좋을 수가 없는 운동이었다. 만족은 드물고 자신의 부진을 반성하는 경우가 훨씬 많았다.

여하튼 사십대 중반에 들어서고 나니 나잇살이 붙었고 관리를 해야겠다 싶어 시작한 운동이 바로 자전거였다. 자전거를 타고 한강을 한 바퀴 돌면 참 상쾌하고 즐거웠다. 당시 초등학생이던 아이와 함께 주말에 라이딩을 하는 재미가 좋았다. 그런데 흥미를 붙이고 나니 문제가 생겼다. 장비에 점점 관심이 생기고, 하루에 타야 할 거리도 늘어났다. 한 번 탈 때마다 '아 잘 탔다'는 만족감을 주는 거리가 점점 늘더니 주말마다 반나절은 타게 되었다. 고되긴 해도 즐기면서 타서 좋았는데 얼마 못 가 중국발 미세먼지가 심해지면서 봄가을에 야외에서 빠른 속도로 자전거를 타면 먼지가 그대로 폐부 깊숙이 박히는 위험이 생겼다. 좀 탈 만하면 너무 덥거나 너무 추웠다. 주말에는 또 왜 그렇게 비가 오는지. 이거 빼고 저거 빼고 나면 막상 자전거를 마음껏 탈 수 있는 주말은 시즌에 몇 번 이내로 그쳤다. 결국 그만두고 장비도 다 팔아버렸다.

그래서 찾아간 곳은 직장 근처의 피트니스 센터였다. 실외 운동을 좋아하는 나로서는 제일 재미없는 운동을 하게 된 셈이다. 다행히도 피트니스는 강박적이고 꾸준한 내 성향 덕에 습관이 되어주었다. 매일 가지는 못해도 일주일에 두세 번은 가려고 노력하면서 적당히 시간을 내고 루틴을 만들 수 있었다.

이렇게 구구절절하게 서두를 쓴 건 내가 운동을 얼마나 좋아하지 '않는지'를 설명하기 위해서다. 내게 운동은 즐거운 일도 아니고 바디 프로필을 찍고 성취감을 느끼기 위한 단기 목표도 아닌, '일흔이 넘어서 골골거리지 않기 위해, 또 나중에 약을 한 알이라도 덜 먹기 위해 하는 예방 활동'의 일환으로 세워진 규칙일 뿐이다. 가고 싶지 않아 망설여질 땐 내가 진료실에서 하루에도 최소 세 번은 하는 말을 떠올려보았다.

기분에 따라 운동하지 말고, 계획에 따라
움직이세요.

　기분이 나는 날에만 운동하고 별로인 날은 하지
않으면 습관은 만들어지지 않는다. 순간순간의 결정
보다 규칙이 앞서게 해야 한다. 운동할 수 있는 시간
대를 스스로 찾아내서 그때를 사수하고, 짧은 시간만
이라도 우선 출석하는 노력을 최소 석 달은 해야 한
다. 그렇게 하면 동선이 만들어지고 계획에 따라 몸
이 움직여진다. 처음에는 기분이 '안' 나는 날, 운동
에 앞서 망설임이 80퍼센트는 되지만, 나중에는 계획
에 따라 움직이니 20퍼센트 이내로 줄어들게 되고 운
동을 마치고 나면 '운동을 했다'라는 성취감이 은은
한 만족감을 준다.

　어느 정도 습관이 되나 싶었는데 아쉽게도 코로
나19가 터졌고, 사람이 모이는 공간이면 어디에도 들
어갈 수 없었다. 마스크를 쓰고 가서 운동할 수는 있
었지만, 병원의 의료진으로서 만에 하나 탈의실에서
감염될 위험을 감수할 수는 없으니 피트니스 센터 멤
버십을 휴면으로 전환하고 몇 달을 보냈다. 그러던
어느 날 내 사물함 비밀번호가 기억나지 않는 날이 오

고야 말았다. 엎친 데 덮친 격으로 2차, 3차 엔데믹이 연달아 터지는 국면이었다. 이대로는 안 되겠다 싶어서 사물함을 비우고 나왔다.

이때부터 시작한 것이 달리기다. 마침 봄에서 초여름으로 넘어가는, 달리기에 딱 좋은 시기였고 집 근처에 달리기 좋은 코스도 있었다. 준비물도 그저 신던 운동화와 가벼운 옷이면 충분했고, 게다가 새벽에 달리면 슬쩍 마스크를 벗고 뛰어도 민폐가 되지 않으니 상쾌함과 해방감도 있었다.

처음엔 3킬로미터를 뛰는 것도 헉헉대며 힘들어했는데 어느덧 5킬로미터를 가뿐하게 뛰게 되었고, 그사이 아침에 일찍 일어나서 샤워하기 전에 3~40분 정도 달리는 일상이 시작되었다. 나이키 러닝 앱을 깔고 기록을 관리하며 전용 러닝화도 장만하고 유튜브로 달리기 관련 영상을 찾아보기 시작했다. 나름 초보 러너가 된 것이다. 게다가 내가 좋아하는 소설가 무라카미 하루키가 달리기에 대한 회고록도 썼고 마라톤 완주도 여러 번 했다는 사실 때문에 달리기라는 운동에 더욱 호감이 갔다. 무엇보다 하루키의 다음 말이 와닿았다.

나는 그냥 달립니다. 나는 아무 생각 없이

달립니다. 아니, 이렇게 말해야 할 것 같군요.
나는 아무런 생각을 하지 않기 위해 달립니다.

이 운동의 장점은 여러 가지다. 일단 혼자 할 수 있다. 달릴 수 있는 시간에 달리면 그만이다. 자전거는 서너 시간을 타야 운동량이 차지만 달리기를 하면 한 시간 이내로 끝낼 수 있다. 성질 급한 내게 딱 맞는다. 주말에는 더 뛸 수 있긴 하지만 그래 봐야 휴식 시간을 포함해서 두 시간이다. 시간을 온전히 운동에 다 써버려 손해를 봤다는 기분이 들지 않는다. 그런 면에서 멀리 떠나야 하는 등산보다 좋았다. 골프처럼 여럿이 스케줄을 맞추고, 가서도 계속 떠들면서 사회성을 기르는 시간을 보내지 않아도 괜찮다는 점도. 여러모로 마음에 들었다. 무엇보다 뛰는 동안에는 의식이 명료해지고 잡생각을 하지 않게 된다는 것이 가장 좋았다. 영화 〈중경삼림〉에도 달리기에 대한 대사가 나온다.

누구나 실연을 할 때가 있다. 그러면 나는
달리기를 한다. 몸의 수분이 빠져나가 눈물이
쉽게 나지 않기 때문이다.

멋진 표현이다. 감정적으로 압도당할 일이 있으면 꼬리를 무는 감정이나 생각과 싸워서 이기긴 어렵다. 그냥 운동화를 신고 달리는 게 최고다. 수분이 빠져나간 덕은 아니지만 달리기에 몰두하면 불쾌한 감정들이 리셋되고 머릿속이 명료해지는 효과가 있는 것은 분명했다.

달리기에 대한 책도 관심을 갖고 읽게 되었는데 그중 한 권이 스콧 더글러스의 『나는 달리기로 마음의 병을 고쳤다』였다. 저자는 가벼운 우울 증상이 오랜 기간 지속되는 우울증의 일종인 기분부전증(dysthymia)을 겪었는데 삼십대에 진단을 받고 약물 치료를 시작했다고 한다. 그러면서 달리기를 병행했는데 돌이켜 보니 사실 십대 중반부터 취미로 달리기를 했고 매일 한 시간 정도 달리면 기분이 리셋되고 하루를 잘 보낼 수 있겠다는 낙관을 경험했다고 한다. 그는 이 사실을 성인기의 우울 증상과 비교하면서 또렷이 인식할 수 있었다. 달리기를 자신의 우울 증상과 연결시키고 난 후에는 달리기가 그냥 취미가 아니라 우울과 불안을 극복하고 일상이 심하게 무너지지 않게 관리할 수 있는 좋은 도구라는 것을 깨닫게 된 것이다.

더글러스가 러너이자 우울증 환자로서 공부한

달리기의 치료적 효능에 대해, 정신과 의사이자 초보 러너인 나의 지식과 경험을 조금 보태보겠다.

먼저 실행 능력, 즉 계획을 세우고 정보를 수집하고 실행에 옮길 수 있는 능력이 운동을 통해 강화된다. 하루에 여덟 시간 이상 훈련하는 철인삼종경기 선수 스물두 명과 운동을 별로 안 하는 사람 스물두 명에게 각각 한 시간 동안 지루하고 어려운 일을 수행하게 했다. 그러면서 반응 시간과 뇌 활동을 측정했다. 그 결과 철인삼종경기 선수들이 더 빠른 반응을 보였고, 정신적 자원을 업무에 배당하는 활동도 활발했다. 주의력이 분산되지 않고 오랫동안 지속되었다.

단기간 중등도의 운동을 하는 사람뿐 아니라 오랜 기간 달리기를 한 사람에서도 뇌의 변화가 관찰된다. 중년기에 접어들면 뇌 역시 불가피하게 노화되는데, 달리기를 하는 사람은 뇌의 '버퍼'가 커지는 용량 변화가 생긴다. 인지적 예비 용량이 늘어난다는 것이다. 53~55세 집단에서 25년 동안 꾸준히 운동한 사람들이 하지 않은 사람들에 비해 언어 기억력과 정신운동 속도가 더 좋게 나타났다. 노르웨이에서도 비슷한 연구가 이루어졌는데 최소 9년에서 최대 13년간 3만 4천 명의 성인을 추적조사한 결과 운동을 안 하는 사람은 일주일에 한두 번씩 규칙적으로 운동하는 사람보다 우울증에 걸릴 확률이 44퍼센트나 높았다.

　운동은 우울증뿐 아니라 스트레스에 대한 저항력도 향상시킨다. 뇌는 마음고생이든 몸고생이든 똑같이 스트레스로 받아들인다. 그러니 평소 운동으로 적당한 스트레스를 경험하고 휴식을 취하면서 바로 회복하기를 반복해온 사람은, 뇌도 거기에 맞춰 적응력이 강해져서 멘탈이 흔들릴 만한 스트레스도 잘 버텨낼 수 있게 변화한다. 달리기를 하고 나면 그날은 "무슨 일이 벌어져도 감당할 수 있을 것 같다"고 느낀다. 생리학 분야에서도 달리기를 하고 나면 긴장과 불안에 연계된 근육 활동이 감소하고, 감정적 스트레스 요인이 발생해도 혈압이 떨어지며 심박수와 혈압을 안정적으로 조절하게 된다는 긍정적인 연구 결과가 있다. 즉, 운동은 스트레스에 대한 적응과 반응력을 향상시킨다. 달리기를 하면서 여러 가지 잡념이 초기화되고, 감정적 흔들림에 휘둘리지 않게 해주는 일종의 방어막이 잘 형성되는 것이다.

　달리기가 이렇게 좋은 것이라니 더욱 박차를 가하지 않을 수 없었다. 그즈음엔 평균 페이스도 빨라지고, 주말이면 10킬로미터를 가뿐히 넘겨 뛸 수 있었다. 기록 측정 앱이 꺼져 있었다는 걸 다 뛰고 나서 발견하면 너무 아까워서 망연자실하기도 했다. 겨울이 찾아오면서 달리기의 즐거움은 잠시 멈췄고 그동안 날이 빨리 풀리기만을 손꼽아 기다렸다.

　그렇게 기대하던 두 번째 해의 초봄이었다. 날이 풀린 것을 기념해서 달리던 중, 욕심을 내 속도를 높이자 종아리에서 뚝 하는 소리가 났다. 몇 킬로미터를 절뚝거리면서 겨우 걸어서 집으로 돌아왔고 한 달을 쉬어야 했다. 회복한 다음 다시 뛰었더니 이번엔 족저근막염으로 발바닥에 통증이 생겼고, 이어서는 햄스트링과 골반에도 통증이 찾아왔다. 자세를 제대로 배운 적이 없는 데다가 준비운동도 충분하게 하지 않은 탓이다. 덜컥 무서워졌다. 아는 게 병이라고, 무혈성괴사일까 겁이 나 재활의학과에서 CT까지 찍었다. 역시나 근육 손상과 경직이 원인이었다. 의사는 1킬로미터를 뛸 때마다 스트레칭을 해서 재발을 방지하라는 처방을 내렸다. 비겁한 러너가 되라는 처방이었다(이를 따르면서 다행히 부상은 회복되었다).

　기분에 따라 뛰지 않고 계획에 따라 운동을 해온 덕에 습관으로 남아 있어서 (자전거 때와는 달리) 지금까지 달리기를 지속하고 있다. 4월에서 11월에는 주로 달리기를 하고, 겨울 시즌에는 피트니스 센터에 다닌다. 날이 풀리고 달리기 좋은 계절이 오면 피트니스를 줄이고 달리기를 한다. 아무래도 실내에서 도 닦듯이 하는 운동은 무미하다. 그렇지만 이제는 계획 과 기분 사이에서 밸런싱이 된다. 나가기 싫은 날이 더라도 계획을 마쳐야 한다면 의지의 액셀을 조금 밟 아서 운동을 하러 가지만, 기분이 영 좋지 않은 날은 운동을 나가지 않기도 한다.

이렇게 운동을 하루 하고 나면 두 가지 기쁨이 온다. 해야 할 일을 했다는 것, 다음 날은 안 해도 된 다는 것. 야외에서 뛰기로 한 날 비가 오면 아쉬움보 다 기쁨이 크지만 부끄럽진 않다. 겨우 좋아하게 된 것, 오래 해온 것을 그만두고 싶지는 않다. 그래서 자 꾸 도전하거나 기록을 깨거나 누군가를 이기려고 애 를 쓰지 않으려 한다.

운동을 갈 수밖에 없는 이유가 하나 더 생겼다. 최근에 『어른을 키우는 어른을 위한 심리학』이라는 책을 썼다. 자식이 어른이 되었는데도 여전히 불안한 중장년 어른들의 마음가짐에 대한 책이다. 요새는 유 튜브 영상이나 쇼츠로 편집한 짧은 클립이 홍보의 대 세인지라 그 책을 위해서도 몇 군데에서 영상을 찍었 는데, 그중 하나가 바이럴을 타게 되었다. 중년기 이 후 근육량을 충분히 늘리지 않으면 노쇠화가 빨리 와서 나중에 의료비가 많이 들 것이라는 연구 결과를 짧게 설명한 내용이었다.

하루는 피트니스 센터에 운동을 하러 갔는데, 담당 트레이너가 나를 보고 반갑게 인사하며 "회원님 쇼츠로 봤어요!"라며 말을 건넸다.

"나이 들어서 근육 1킬로그램의 가치가 1,300만 원이라는 내용이요. 친구 트레이너가 보내줘서 봤는데 아는 얼굴이라 반가웠어요."

바이럴을 탄 그 영상이 운동하는 분들에게 널리 퍼진 것이다. 나중에 찾아보니 일대일 퍼스널 트레이닝을 하는 센터의 블로그에서 꽤 많이 인용하고 있었다. 그 말을 듣고 나니 책임감이 생겼다. 운동을 더욱 열심히 해야겠다는 다짐도 함께. 이런 식의 이야기는 이후 러닝 트레이너를 찾아가서 체계적으로 훈련을 받고 부상도 극복하고 서서히 거리를 늘려 동아나 춘천 마라톤에서 하프 혹은 풀코스를 완주하는 멋진 성장담으로 끝나야 했을 것이 분명하다. 하지만 이 글은 그저 소심한 중년 아저씨의 운동에 대한 소회로 마무리될 듯하다.

삼십대라면 한계 극복과 자아의 확장이 화두다. 그러나 오십대가 되면 몸의 신호에 귀를 기울이고, 좋아하게 된 것이 있다면 그만두지 않고 오래 지속하는 것이 목적이 되어야 한다. 오십대가 아니더라도 몸을 움직이는 것에 재능이 없는 사람이라면 이 전략이 우선일 것이다. 특히나 나같이 운동을 체질적으로 싫어하지만 약을 챙겨 먹듯 어쩔 수 없이 하게 된 사람에게는, 좋다 나쁘다 판단할 것 없이 그냥 무념무상으로 하는 것이 현실적 최선이다. 나는 처음 보는 기구를 써보기보다 익숙한 기구로 근육을 자극하는 것이 좋다. 새로운 코스를 개척해서 뛰는 것도 좋지만 매일 뛰는 경로와 구간마다의 호흡이 주는 익숙함이 좋고, 매주 보는 낯익은 풍경에서 잎이 나날이 푸르러지거나 꽃이 피고 지는 등의 미세한 변화를 발견하는 것이 좋다.

달리기에 한창 재미가 붙을 때에는 의욕도 넘치고 주변의 권유도 있고 해서, 6개월 안에 하프 마라톤에 참가하는 모습도 그려보았다. 조지 쉬언의 『달리기와 존재하기』 같은 명저를 써보고 싶기도 했다. 그러나 몇 번의 부상을 경험하고 나니 이제 내 몸의 한계를 인정하게 된다. 내 몸은 딱 여기까지가 최선인지 모른다. 더 튼튼하게 태어났다면 아마 십대 때부터 운동을 좋아하지 않았을까? 조금만 해도 금방 두각을 나타내고 잘한다는 칭찬도 들었을 테니까. 돌이켜보면 난 운동에는 언제나 젬병이었고, 그래서 더욱 혼자 가만히 앉아서 책을 읽고 공상을 했었나 보다. 덕분에 지금처럼 글을 쓰고 있는 것이다.

이렇게 받아들이고 나니 마음이 편안해진다. 서너 달에 한 번 정도는 트레이너와 체지방 분석을 하는데, 근육량이 잘 늘지 않고 제자리걸음이더라도 더 줄지 않은 것을 고맙게 생각하려고 한다. 나는 나름 최선을 다하고 있고 계획에 따라 운동한다. 기분은 내가 움직이는 것에 영향을 주지 않는다. 종종 기분이 영향력을 행사하긴 하지만, 적어도 내킬 때만 운동하지는 않는 삶을 살고 있다.

인생도 그런 게 아닌가 싶다. 처음 시작할 땐 기분이 아닌 계획에 따라야 하는 게 맞다. 하지만 나중에는 계획에만 집착해서도 안되고 기분에도 지분을 내주어야 한다. 기분은 내가 움직일 방향을 생각보다 앞서서 알려주니까. 나 역시 내 기분을 믿으려 한다. 다만 그 지분이 너무 크면 스스로를 예측하기 어렵고 기분의 널뜀에 따라 삶의 궤적이 흐트러져버릴 위험이 있다는 것도 잊지 않는다.

계획에 따라 지속하려면 무리하지 않는 것이 중요하다. 멋진 걸 이루고 "와 대단하다"라는 말을 듣는 것보다는 내 몸과 마음의 쓰임새를 잘 이해하는 것, 그리고 한계를 어느 정도까지는 인정하고 스스로를 도닥이면서 내 현재 상태에 귀를 기울이려는 마음이 더 먼저였으면 한다.

남들보다 한발이라도 먼저 오르막에 오르려는 목표를 세울 때도 분명히 있다. 하지만 그보다 더 중요한 것은 다치지 않고 내려오는 일임을 명심해야 한다. 그러니 꾸준히 이어가려면 자신의 몸 상태를 잘 파악하고, 무리하지 않으려는 마음으로 승부욕과 조바심을 다잡을 수 있어야 한다(다 쓰고 나니 운동이 얼마나 하기 싫으면 이렇게 운동하면서 생각이 많을까 싶다).

올해 시즌을 시작하면서 다시 달려보았다. 작년 이맘때보다 평균 속도가 20초 정도 늦지만 속상하지는 않았다. 기록보다 중요한 건 올해에도 달리기로 결정했다는 사실이니까. 그리고 하루키가 『달리기를 말할 때 내가 하고 싶은 이야기』에서 미리 쓴 자신의 묘비명*처럼, 적어도 끝까지 걷지는 않았으니까.

---

*   무라카미 하루키 / 작가(그리고 러너) / 1949-20** / 적어도 끝까지 걷지는 않았다

작심삼일을 백 번 실패하면 일 년

생각해보면 영어 'habit'은 보는 관점에 따라 대접이 다른 단어다. 한국어로는 주로 두 가지 표현으로 옮기는 것 같다. '습관' 그리고 '버릇'.

습관이라고 하면 괜찮은데 버릇이라고 옮기면 뉘앙스가 뭔가 확 나빠진다. 누군가에게 "버릇이 나쁘다"는 평을 듣는 것은 최악이다. 손버릇, 말버릇처럼 부위별로 한정해서 지칭하기도 하지만 어찌 되었건 모두 무심결에, 반복적으로 바람직하지 않은 무언가(말 또는 행동)를 하는 사람이라는 뜻이고 결국은 가까이 하지 말라는 의미다. 반면 습관은 좋은 의미로 많이 사용한다. 모두가 잠든 이른 아침에 일어나 나만의 시간을 갖고 독서를 하는 것, 채식 위주로 조금씩 자주 먹는 것, 문을 열고 들어갈 때 뒤에 사람이 있으면 그 문을 잡아주는 행동 같은 것 말이다. 이런 행동에는 버릇보다 습관이라는 표현이 더 어울린다.

"버르장머리를 고쳐야지"라는 말도 실은 나쁜 버릇으로 가득한 사람을 개조하겠다는 것인데, 이 말은 결국 '무의식적으로 자연스럽게 이루어지니 의지로 억제도 안 되고 행동, 말투로 곧장 이어지는 레퍼토리 자체'를 뜯어고치겠다는 의미다. 무척이나 힘든 일이라는 걸 말하는 사람도 알고 있다. 어떻게 보면 체벌을 하는 수준의 매우 강한 압박을 하지 않으면 도

저히 고치지 못할 것이라는 체념의 혼잣말이다.

뇌과학의 관점에서 보면, 습관과 버릇 모두 쉬운 말로 "신경망의 길이 뚫린 상태"다. 그래서 행동과 판단을 하는 데 있어서 아주 쉽게 우선권을 갖는다는 점에서는 동일하다(다만, 자기 자신에게 도움이 되는 것과 그렇지 않은 것의 차이일 뿐).

어찌 보면 한 사람의 태도를 규정하는 것은 그 사람이 의식하지 않고 툭툭 해버리는 좋은 습관과 나쁜 버릇의 총합이다. 좋은 습관이 더 많이 보이면 호감형이 되고, 나쁜 버릇이 더 많이 보이면 비호감이 된다. 길을 걸으며 침이 고이면 찍찍 뱉고, 식당에서 종업원에게 반말을 섞어가며 대하고, 식사하면서 신발을 벗고 양반다리를 하고 앉는 것. 여러 명이 모인 저녁 자리에서 혼자서만 대화를 독점하고, "아, 그건 말이지" 하며 자기만 모든 걸 다 안다는 듯이 말하는 것. 이런 건 의식하지 않고 그냥 하는 행동들이다. 흡연, 음주, 야식을 즐기는 일이나 필요 없는 물건을 사는 일만 고쳐야 할 버릇인 게 아니다.

나를 돌아본다. 돌이켜보면 내게도 습관과 버릇이 모두 있다. 나는 가끔 말이 많다. 예를 들어가면서 설명하는 걸 좋아한다. 쉽게 설명하려면 비유적인 표현이 도움이 되지만 때에 따라서는 사람을 얕잡아 보고 누구나 알 만한 걸 떠들어대는 것처럼 보일 수 있다는 걸 그 긴 설명을 다 하고 나서야 알게 된다. 하지만 대화의 흐름에 꼭 끼어들고 싶어 머리며 입이 근질근질해질 때는 혀의 액셀을 밟는 걸 참기가 어렵다.

화가 날 땐 불쑥 "에이 씨!" 하고 큰 소리로 반쯤 욕설을 뱉을 때가 있다. 아내는 내가 아주 가끔 그 말을 하면 질색을 한다. 그러면 더 화가 난다. 본격적인 비속어를 쓴 것도 아니고 그저 "에이 씨"라고 혼잣말로 화를 내뱉었을 뿐인데 정색을 하고선 하지 말라 하니. 도리어 아내에게 "그 정도 말도 못 해?" 하고 역정을 내서 분위기가 너무 썰렁해질 때도 있다.

담배를 피우지 않는 대신 술은 좋아한다. 오랫동안 술을 매일 마시다가 언젠가 주 3회로 줄인 지 꽤 오래됐고 요새는 주 2회로 줄였다. 그래도 사흘 정도 술을 마시지 않으면 약간 좀이 쑤신다. 어떻게든 핑계를 대서 한잔을 하게 된다. 잇몸이 부어서 이가 살짝 흔들리고 피가 나면 조심은 하지만, 남들이 하는 한 달 금주는 엄두도 못 낸다. 고치려고 노력 중이기는 하지만 참 쉽지 않다. 잊어버리고 있다가도 불쑥 마셔버리고 또 후회하니까. 그걸 반복하고 반복하면서 자책한다.

대신 남들에게 좋아 보일 만한 것들도 있다. (내가 보기에) 나는 기름진 음식을 좋아하지 않고, 한 번 먹을 때 과식하지 않고, 커피를 좀 많이 마시긴 하지만 설탕이나 다른 첨가물은 넣지 않는다. 주말이나 평일의 빈 시간에 조용한 카페나 도서관에서 책을 읽고 글을 쓰는 것은 습관이자 루틴이다. 여기까지 적고 나니 더 써 내려갈 좋은 습관이 없다. 머릿속에 그만큼 고치고 싶은 것들이 자리를 더 많이 차지하고 있어서 매일 스스로의 의지를 탓하며 살아가는 듯하다.

금연은 세상에서 가장 쉬운 일이다. 나는 그걸 천 번이나 해보았기 때문에 안다.

마크 트웨인의 말인데, 그가 유독 의지박약이었던 걸까? 아니, 그도 그저 우리와 같은 범인이었을 뿐. 이 세상에서 나만 그런 게 아니라, 다들 작심삼일을 반복한다. "살을 빼고 바디 프로필을 찍을 것이다", "술을 평생 마시지 않을 것이다", "내가 담배를 다시 피우면 한 번 불을 붙일 때마다 만 원씩 내겠다"라고 선언하지만 며칠 지속하지 못한다. 그렇게 작심삼일을 백 번 실패하면 일 년이다.

담배가 특별히 중독성 높은 물질이라 마크 트웨

인이 천 번을 실패했던 건 아닐 것이다. 물론 니코틴이라는 화합물에 중독성이 있긴 하다. 하지만 야식이나 후식을 지나치지 못하는 것, 회사 앞 4차선 도로를 무단횡단하는 데에는 니코틴이 없다. 그런데도 참지 못하고 행동하게 된다. 어떨 때는 '참는다'는 중간 단계도 없이 그냥 해버린다. 여러 가지 합리적 이유를 대면서. 습관이든 버릇이든, 한번 몸에 익은 행동을 없애는 것이 어렵기 때문이다.

뇌과학과 심리학적 관점에서 습관은 에너지가 거의 들지 않게 자동으로 반복하고 있는 행동을 의미한다. 어떤 행동이 습관이 되었다고 말하려면 다음의 세 기준을 만족해야 한다.

1) 의식하지 않은 채 행동한다.
2) 행동을 했다는 사실을 잘 기억하지 못한다.
3) 노력이나 목적의식을 요하는 행동을
하면서도 함께 할 수 있다.

휴대폰을 꺼내 확인할 때, 언제 꺼냈는지 기억이 나는지 떠올려보시라. 주머니에서 어떻게 꺼냈는지 기억해보시라. 이를 닦으면서도 휴대폰을 꺼냈던 오늘 아침을 돌이켜보시라. 이 정도 수준으로 반복적인 행동이어야 습관이라고 말할 수 있다. 그렇다면 여기서 퀴즈! 다음 중 상대적으로 달성하기 쉬운 목표는 몇 번일까?

1) 야식 끊기
2) 금연하기
3) 헤어진 연인에게 연락하지 않기
4) 아침에 산책하기

답은 4번이다. 1번에서 3번까지는 모두 이미 하던 행동이 습관화가 된 것이고, 4번 영역은 백지 상태이다. 습관이 되어버린 행동은 관성에 의해 움직이므로 에너지가 들지 않기 때문에 우선권을 갖는다. 뇌는 가치판단보다 효율성에 입각해서 우선권을 부여하는 기관이다. 몸에 좋은 것, 환경에 도움이 되는 것, 다른 사람을 돕는 것과 같은 가치판단보다는 힘이 덜 드는 것, 그리고 이미 여러 번 해봐서 낯설지 않은 익숙한 것을 먼저 선택한다. 그러니 나쁜 것이라 해도 담배를 피우고 술을 마시는 것처럼 이미 습관으로 형성되어 뇌 신경망에 큰 길이 뚫린 일은 작은 자극에도 그곳으로 향하는 문이 금방 열린다. 그러니 그 행동이 일어나지 않게 하는 데에는 무척 거센 저항이 따른다(이래서 마크 트웨인이 담배를 끊기 위해 노력했지만 과장 섞어서 천 번이나 실패한 것이다). 그에 반해 하지 않던 일을 새로 하는 것은, 역시 쉽지 않은 일이기는 마찬가지지만, 이미 만들어진 길이 없는 곳에 새로운 길을 뚫는 과정이다. 힘은 들지만 상대적으로 수월하게 할 수 있다. 그렇다면 이미 형성된 습관을 고치려면 어느 정도의 결기가 필요할까? 삼국사기에 힌트가 있다.

김유신은 화랑이던 십대 시절 천관녀라는 기생과 친하게 지내다가 어머니에게 호되게 혼이 났고, 다시는 기생집에 가지 않겠다 결심했다. 어느 날 취한 채 말을 타고 집에 오다가 잠들었는데 깨어 보니 말이 김유신을 그 기생집으로 데리고 가버렸다. 김유신은 이에 놀라 칼을 빼 들고, 다시는 가지 않기로 했던 단호한 결심을 깨게 만든 말의 목을 베어버렸다.

심층심리적 비유를 담고 있는 일화다. 직접 발걸음한 것이 아닌 '말'이 이끈 것이라는 장치로 신화적 인물인 김유신을 보호하고는 있지만, 실은 고주망태가 되어서 의지력이 약해지니 자연히 하던 습관대로 움직이더라, 그리고 그게 김유신이라고 예외는 아니더라는 걸 보여준다. 습관을 끊으려면 읍참마속의 결기, 가장 소중히 여기는 것의 목을 벨 정도의 의지가 필요하다. 그만큼 한번 만들어진 습관을 없애기란 쉽지 않은 일이라는 걸 천 년 전의 선조들은 알려준다(화랑의 정신력을 가진 사람에게조차도 어려운 일이라고).

고백하자면 애매하게 술을 마신 다음의 나도 비슷하다. 저녁 약속이 의외로 일찍 파하게 되어 그때까지 내 정량의 술을 미처 마시지 못했을 때가 있다. 나로서는 이럴 때 집에 돌아가기 애매하지만, 사람들은 뿔뿔이 흩어진 상태다. 한 명 붙잡고 한 잔 더 하자는 말을 할 숫기는 없다. 그리고 별로 대화를 더 나누고 싶지는 않을 때도 있다. 이럴 때 집 앞에 혼자 갈 만한 술집이 있다는 것은 나를 시험에 들게 하는 일이다. 결국 집 앞에서 한 잔을 더 마시게 된다. 그러고 나서 다음 날 아침이면 두통 속에 후회만 한다. 내게는 목을 베어버릴 말조차 없으니.

그만큼 한번 만들어진 습관을 중단하기 어렵다는 걸 받아들이자. 과학적으로 말하면, "이미 형성된 나쁜 습관을 없애려 노력하기보다, 좋은 습관을 만들어 나쁜 습관적 행동을 할 필요가 없게 만들어라"가 정답에 가깝다.

안 하던 행동을 하는 데 얼마의 시간이 필요할까? 영국의 대학생을 대상으로 건강한 식생활, 규칙적 운동과 같은 새로운 습관을 만드는 데 얼마나 걸리는지 알아본 실험이 있다. 개인차가 꽤 컸는데 짧은 사람은 18일, 아주 늦게 형성된 사람은 254일이나 걸렸다. 전체적으로 보면 66일이 평균값이었다. 즉, 습관을 만들려면 최소한 두 달 정도는 이어갈 생각으로 시작해야 한다는 것이다. 넉넉잡아 한번 시작하면 3개월을 할 결심이 서야 한다.

여기에 3개월 수강 신청을 하면 수업료의 30퍼센트를 할인해주는 마케팅 기법의 마법이 숨어 있다. 30퍼센트 할인에 이끌려 3개월치 수강료 선결제로 운동, 외국어, 요가를 시작한다. 열 명 중 일곱 명은 3개월을 채우지 못하고 그만둘 것이다. 3개월을 무사히 마친 세 명에게는 습관이 형성된다. 그러니 연간 회원으로 넘어갈 확률이 높다. 여러모로 손해보다 이득이 많지 않은가. 습관의 메커니즘을 이해하니 전통적인 마케팅 기법의 힘이 더욱 와닿는다.

무엇을 반복적으로 하느냐가 우리를 결정한다. 그렇다면 탁월함은 행위가 아니라 습관이다.

아리스토텔레스의 말이다. 나는 '성격'을 '누군가가 무심코 하는 반복적 행동의 조합'이라고 정의하고 싶다. 앞서 말했듯 습관은 무심코, 의식하지 않은 채 하는 판단과 행동들이다. 이것이 모여서 태도가 형성되고 나아가 성격의 중요한 부분을 구성한다. 결국 좋은 습관이 많은 사람과 그렇지 않은 사람은 무척 다른 성격으로 다른 삶을 살게 된다.

그렇다면 나쁜 버릇을 고치지 못하고 한탄만 하며 스스로를 자책할 시간에, 다른 삶을 사는 다른 사람이 되기 위해서 좋은 습관을 하나씩 더 만들어나가는 노력을 해보면 어떨까. 넉넉잡아 3개월에 습관을 하나 만들 수 있다고 치면, 일 년이면 네 개다. 이렇게 3, 4년을 보내면 열 개 정도의 괜찮은 새 습관이 쌓이고, 이중 절반은 나쁜 습관을 대신할 것이다. 그럼 4년이 지난 후 이전의 나와 지금의 나는 무척 다른 모양새로 살아가는 사람이 되어 있지 않을까.

분명한 것은 좋은 습관을 하나라도 더 만들려고 애쓰는 게 나쁜 습관을 없애려 노력하는 것보다 빠르다는 것이다. 최근 고관절에 무리가 와서 양반다리를 하기 힘들어졌다. 스트레칭을 매일 해야 한다는 걸 알긴 아는데 매번 잊기 일쑤였다. 그래서 습관을 붙여보려고 매일 하는 행동이 뭔지 생각해보았다. 나는 아침마다 일어나서 커피를 마셔야 정신이 든다. 커피 머신을 켜고 예열하는 1분이 떠올랐다. 보통 같으면 그 시간에 휴대폰을 봤을 테지만, 커피 머신 옆에 작은 카펫을 깔고 고관절 스트레칭을 하기 시작했다. 이건 잊지 않고 할 만하다. 한 달 정도 의식적으로 하고 나니 몸이 많이 부드러워졌다. 이제 매일 하지는 않지만 예전보다 자주 신경을 쓰니 관절이 부드러운 상태로 유지된다. 재활의학과 의사의 관찰로는 내 고관절 통증이 사실 앉는 습관이 나빠서라고 한다. 나도 모르게 다리를 꼬고 앉아 업무를 보는데 그게 허리와 관절에 모두 좋지 않은 습관인 것이다. 고치려고 하지만 잘 고쳐지지 않는 나쁜 버릇이다(지금 이 문장을 쓰다가 깨닫고 다리를 풀었다). 스트레칭이라는 좋은 습관으로 대응했으니 일대일이다. 그렇게 살아가는 것 같다.

마지막으로 하나만 강조하고 싶다. 습관은 한 번 형성되면 없애기 힘들다는 것. 그래서 흔히 "사람은 고쳐 쓰는 게 아니다"라는 말을 하기도 한다. 그러니 아예 습관이 붙지 않도록 정신을 바짝 차리고 나쁜 행동을 하지 않으려 애를 쓰는 게 필요하다. 미국 화폐 백 달러 지폐에 나오는 인물이며 64년 동안 수첩에 꼼꼼하게 기록을 해온 근면한 습관의 신화 그 자

체, 결국에는 '프랭클린 수첩' 아이디어의 원천이 된
벤저민 프랭클린이 일찍이 조언했다.

나쁜 습관은 고치는 것보다 예방하는 것이 더
쉽다.

분노는 염산처럼

나는 화가 많은 사람은 아니다. 전반적으로 평온하게 진료와 상담을 한다는 피드백을 받는다. 그런데 아주 가끔 옆 진료실 교수가 무슨 일이 있었냐고 물어볼 정도로 언성이 올라갈 때가 있다.

　공황 증상을 동반한 불안으로 치료 중인 환자가 있었다. 약의 용량을 꽤 높였는데도 효과가 없고 환자는 하나도 좋아지지 않는다며 힘들어했다. 그러던 중 같이 온 보호자가 환자가 요새 살을 뺀다고 다이어트 클리닉에서 식욕억제제를 처방 받아 복용하는 중이고 교수님께 받아온 약은 잘 먹지 않는다며, 그래도 되냐고 슬쩍 물었다. 뚜껑이 열리는 순간이었다. 대부분의 식욕억제제는 정신흥분제 계열이라 공황이나 불안 증상을 악화시킨다. 게다가 내가 처방한 약도 중간중간 먹었으니 이건 뇌 속이 냉탕과 온탕을 오간 것과 같고, 불안의 롤러코스터가 오르락내리락한 것도 당연했다. 낮에는 커피를 때려 마셔야 깨고 저녁이 되면 술을 마셔야 잠을 자는 악순환에 빠진 것과 같달까. 그러니 마음이 진정될 수 없었던 것이다. 만약 진료를 한지 얼마 안 된 환자였다면 그렇게까지 화가 나진 않았을 것이다. 신경을 쓰고 꽤 열심히 봐온 환자였기에 실망감이 더해져서 분노로 전환되었다(한번 크게 화를 낸 덕분인지 그다음부터는 식욕억제제를 끊고, 처방한 약을 제대로 복용했다. 증상은 몇 주 만에 꽤 빠르게 안정되었다).

내가 그렇게 화를 냈던 건 그에게 가졌던 신뢰가 훼손되었다는 인식이 분노를 자극했기 때문이었다. 신뢰는 '상대가 나를 실망시키지 않을 거란 긍정적 기대와 낙관'이다. 실은 환자를 치료하는 의사로서 엄하게 이야기하는 것은 해야 할 일의 하나다. 쓴소리를 각 잡고 해야 할 때도 있고, 부모나 본인 대신 '빌런'이 되어야 할 때도 있다. 그날은 분명 해야 할 일을 한 건데도 며칠 동안 기분이 썩 좋지 않았다. 내가 화를 내고 말았다는 사실이 마음에 계속 남았고, '그렇게까지 화를 냈어야 했나?' 하는, 자극에 적당하지 않은 과한 반응과 표현이었다는 자책이 사라지지 않았던 탓이다. 자꾸 속이 불편하고 찜찜한 느낌이 들어서 왜 그럴까 돌아보면 그날 진료실 풍경이 떠올랐다. 그럴 때마다 '아, 내가 아직 성숙하지 못하구나'라고 자책하고, 다음 진료에도 그 환자와 보호자를 보면 미안한 마음과 불편한 느낌이 지속되었다. '내가 실수를 했구나, 그럴 필요까지는 없었는데. 다음에는 침착하게 대응하자'라고 교과서적으로 되뇌며 마음을 정리하려 해도 잘 되지 않았다. 나 자신의 성격과 인간적 성숙이라는 근본적이고 일반적인 문제로 사고가 뻗어나가는 것이다.

　나는 꽤 오랜 경험을 가진 정신건강 전문가이고, 나름대로 정신분석 수련을 받은 사람이다. 그렇지만 분노를 조절하는 것으로부터는 나 역시 자유롭지 못하다. 분노는 인간 기본 감정의 하나이기 때문이다. 폴 에크만은 사람의 기본 감정을 슬픔, 기쁨, 분노, 놀람, 무서움, 혐오, 이렇게 여섯 개로 분류했는데, 인종과 문화에 구애받지 않고 얼굴 표정만으로 누구나 쉽게 알아차릴 수 있는 일차 감정이라는 것이다. 이중 하나가 분노다. 즉 분노는 태어날 때부터 탑재된 기본 옵션이다. 분노를 나쁜 것이라 생각하기 쉽지만 실은 자신을 지켜주는 역할도 한다. 화를 내는 표정을 짓고 크게 소리를 지름으로써 적으로부터 자신의 육체와 영역을 보호할 수 있다.

　그렇지만 분노가 '급발진'하면 문제가 생긴다. 분노를 표현하는 문턱이 낮아서 너무 쉽게 행동에 옮기거나, 툭 건드려졌을 뿐인데 자극에 과잉 반응해서 사생결단을 하겠다고 덤벼드는 일이 생기기 쉽다. 치정에 의한 살인이나 묻지마폭행 그리고 한문철 변호사 유튜브에 나오는 보복 운전 사건들처럼 나중에 큰 후회를 하게 되는 일들은, 살짝 들춰 보면 분노를 잘 조절하지 못해 방아쇠가 쉽게 당겨지고 급발진되어 벌어지는 것이다.

분노 문제를 겪는 사람들은 자신에게 두 가지 진단 중 하나가 내려질 거라고 생각한다. '분노 조절 장애' 또는 '반사회적인격장애'. 그런 자신이 두렵다고, 혹은 고쳐달라고 나를 찾아온다. 그렇지만 둘 다 아닐 확률이 99퍼센트다.

먼저, '분노 조절 장애'라는 진단명은 없다. 언론이 만든 말일 뿐이다. 충동이나 분노를 잘 제어하지 못하는 사람이 많은데, 여기에 '분노 조절 장애'라는 진단명을 붙이고 나면 마음이 조금 편해지는 면이 분명 있기 때문이다. 진단이 있다는 건 원인이 있다는 의미이고, 약을 먹든 상담을 하든 해결책이 있을 거라 기대할 수 있다. 그리고 분노라는 증상을 그 사람의 아주 일부분, 어딘가 썩어 있는 '혹' 같은 이미지로 상상해서 간단히 도려내기만 하면 나머지 건강한 부분은 그대로 잘 보존할 수 있을 거라고 생각하게 되는 점도 있다. 하지만 분노는 본질적으로 우리 안에 내재된 기본 감정이고, 그게 과도하게 분출될 때 문제처럼 보일 뿐이지 제거해야 할 혹 같은 것이 아니다. 증상과 진단이라는 아주 심플한 구조를 통해서는 사람의 마음을 다 설명할 수 없다.

한편 '반사회적인격장애'를 가진 사람은 도리어 분노를 잘 조절한다. 사회의 포식자라 웬만한 일에 흥분하지 않는다. 차분하게 '담가야' 할 사람을 담그고, 복수해야 할 사람이 있으면 자비 없이 처치한다. 분노 표출 자체를 반사회적인격장애로 오해하는 것도 문제이지만 그보다 주목해야 할 부분은 분노를 성격의 문제로, 반복적인 분노 표현을 성격장애로 보는 것이다. 이 경우 분노가 그 사람의 인격을 이루는 핵심적 정체성 중 하나라고 평가할 수밖에 없게 된다. 모름지기 성격의 요소라면 '꽤 오랜 기간 일관되게 반복적으로 표현되며, 상황에 따라 달라지지 않는다'는 속성을 갖는다. 이십대 초반에 외향적인 성격이던 사람은 삼십대가 되어 조금 수그러들더라도 외향적 성향 자체는 그대로이고, 공공장소에서나 가족과 만나거나 회의를 하는 등 어떤 상황에서도 거의 비슷한 방식으로 반응한다. 연구를 봐도 30세가 지나면 이후로는 성격의 본질이 거의 바뀌지 않는다(조금 순해지거나 유연해지는 정도를 기대해볼 수는 있다). 그런 관점에서 분노 조절의 문제를 성격 문제로 보면 맥이 풀린다. 문제 행동 자체를 그 사람의 본질이라고 보는 것이라서 노력해도 고쳐지지 않으리라는 패배주의가 실려 있다.

분노 자체를 없애야 할 혹으로 보고 싶은 마음, 성격의 문제로 보고 그 사람의 본질로 생각하고 싶은 마음은 내가 마주한 상대의 분노와 공격성을 오해하게 만든다. 분노를 고쳐야 할 증상으로 치환해서 일종의 의학 모델로 간주해, 그에게서 분노를 제거(치료)함으로써 그를 분노의 수렁에서 건져주고 싶다는 구원 환상은 옳지 않다. 한편 고칠 수 없는 성격의 문제로 진단해버리고 그 사람을 간단히 '손절'하거나 거리를 두고 싶어 하는 회피 환상 또한 마찬가지다. 이런 환상들이 하루에도 몇 번씩 충돌한다.

이 같은 갈등을 경험한 사람일수록 분노를 표현하거나 인식하는 것을 두려워한다. 자신이 폭주할지도 모른다는 공포는 강한 억제를 가져온다. 분노가 아예 올라오지 않게 큰 돌덩어리로 막는다. 그렇지만 한없이 막을 수 없다. 너무 오래 누르다간 폭발하기 십상이니 가끔 김을 빼줘야 한다.

분노란 심리적 측면에서도 고유한 본능적 충동의 하나이다. 일종의 원동력이고 발전소 같은 것인데, 그것이 어디로 향하게 하는지가 관건이다. 분노를 잘 다루고 적당히 조절하는 것에 실패해서 문제이지 분노의 존재 자체를 죄악시해서는 안 된다.

우리는 각 감정에 이름을 붙여 부르지만, 감정은 우리 내면에서 스스로 알아서 작동하고 있을 뿐 나쁜 것도 좋은 것도 없다. 하지만 감정을 제대로 다루지 못하면 밖으로 뿜어져 나와 타인과 나 자신을 다치게 하고, 표출을 너무 막고 있으면 내면으로 쏟아져 들어와 자기 자신을 녹여버린다. 마크 트웨인은 분노를 이렇게 표현했다.

분노는 염산과 같다. 산을 뿌리는 대상보다
산을 담고 있는 그릇에 더 큰 해를 끼칠 수 있다.

내면으로 향하는 분노는 마음속 작은 불씨에 떨어지는 기름 같은 역할을 하고, 그렇게 커진 불꽃은 마음 전체를 밝힌다. 숨겨두었던 열등감, 상한 자존심을 환하게 들춰내고 일깨운다. 눈을 비비고 일어난 열등감은 '팔이 하나 날아가더라도 기필코 적을 죽이고야 말겠다'는 심정으로 사무라이처럼 돌진하게 만든다. 지금의 자신을 그저 보통 사람이 아닌 순교자로 승화시킨다. 하지만 억울하고 분한 마음은 사라지지 않고 흉터로 남는다.

이런 일을 몇 번 경험하고 심한 후회를 하고 나면, 혹은 어릴 적 자연스러운 분노발작에 부모로부터

'그건 너답지 않아. 절대 그래서는 안 돼'라는 무언의 눈빛과 말로 제지를 당했다면 이제 분노를 꽁꽁 숨긴다. 절대 드러내지 않고 존재하지도 않는다고 믿으며 산다. 그래야 안전하고, 또 부모가 바라는 착한 사람이 된다고 여기면서. 그렇지만 그건 진짜 자기가 아니라 부모가 인정하는 아이가 되어 '거짓 자기'로 사는 삶일 뿐이다. 너무 오래 참고 있으면 '분노는 염산과 같아서, 오래 참으면 그릇을 녹여버리는 일'이 벌어진다.

한국적 문화에서 파생된 대표적 정신질환이 '화병'이다. 정신과 진단 범주에 영어로 대체 가능한 표현이 없어 'hwabyung'으로 들어갈 정도다. 가부장적 사회에서 감정 표현을 잘 하지 못한 사람이 속이 타들어가는 것 같고, 가슴이 먹먹하고, 머리가 띵하고, 몸속에 불덩어리가 있는 것 같은 신체 증상을 경험하는 것이다. 흔히 동반되는 역류성 식도염을 생각해보면 더 잘 이해가 된다. 위산이 식도를 타고 올라와 점막에 염증을 만드는, 말 그대로 염산이 그릇을 녹이는 상황이다. 이런 것을 잘 알고 있었기에 마크 트웨인이 '분노는 염산과 같아서 그걸 담고 있는 그릇을 녹일 수 있다'고 한 것이다.

화가 날 수는 있다. 하지만 어느 정도로 화가 났는지 감지하고, 주어진 상황에서 왜 화가 나는지 인식하는 과정이 꼭 필요하다. 그다음으로 화가 '나는' 것과 화를 '내는' 것을 분리해야 한다. 두 단계로 나누는 것이다. 그래야 화를 무분별하게 내지르고 후회하는 일을 막을 수 있다.

먼저, 화의 단계를 이렇게 세분해보자. 마음속 수면 위로 머리를 드러내기 시작하는 화를 안전하게 감지하려면 화의 수준을 분류할 줄 알면 좋다.

1단계: 스스로도 화가 나는지 모른 채 움찔하고 넘어가는 정도.

2단계: 화가 난 사실을 자기만 아는 정도. 감정이 솟구치는 것을 스스로 알지만 잘 억누르고 넘기면 상황 종료.

3단계: 가족이나 친구처럼 아주 가까운 사람들은 화난 것을 눈치채지만 그 외의 사람들은 모르는 정도.

4단계: 표정이 좋지 않고 어깨가 들썩여서 화가 폭발하기 직전의 상태라는 것이 몸짓, 말투, 목소리의 톤으로 누구에게나 드러나는 정도.

5단계: 화를 내도 될 만한 상황에서 이른바

'만만한' 사람에게 즉각적으로 화내게 되는 정도.
애꿎은 직장 부하, 식당 종업원, 텔레마케터에게
분노를 표현한다.

6단계: 뒷감당하기 어려운 사람에게까지 화를
내고 마는 정도. 윗사람에게 대거리하거나 경찰과
싸우고, 부모에게 욕설을 하며 참았던 감정을
터뜨린다.

자신이 주로 어느 단계까지 가는지, 가장 화가
났을 때 어느 단계까지 가보았는지 점검해보기 바란
다. 4단계까지만 가본 사람, 어쩌다 한 번 5단계를 경
험한 사람이라면 정상 범위라고 할 수 있다. 그러나
6단계까지 자주 간다면 위험하다는 사인이다.

여기서 한 단계 더 나아가서 화가 '나는' 것과 화
를 '내는' 것을 분리해볼 수 있다. 화가 나는 것은 정
상적 심리이고 감정 반응이기에 그 화를 표출하지 않
는 것이 도리어 부자연스러운 일이다. 표출되지 않은
분노는 속으로 썩어 들어가 내면을 파괴할 수 있다.
게다가 분노를 강하게 억제하려고 애쓰는 일에는 에
너지도 많이 든다. 이 때문에 뭘 하기도 전에 지쳐버
릴 위험이 있다.

위의 단계에 따라 화의 수준을 민감하게 인식하

고 판단했다면, 이제 화를 내기 전에 한 박자 기다리면서 정말 화를 낼 만한 상황인지 시간을 가지고 생각해보아야 한다. 화를 표출하는 단계도 아래와 같이 나눠볼 수 있다.

1단계: 화가 나지만 그냥 넘어간다.

2단계: 한마디는 하게 된다. 조용히 "난 지금 이 상황이 싫다"고 말하거나, 작게 탄식하거나 눈짓을 보내거나 얼굴을 찡그리는 등의 표정 변화로 알 만한 사람은 알 수 있게 내 감정의 상태를 표현한다. "어휴" 하는 정도로 분명한 의사 표현을 하지만 뚜렷하게 공격적인 언행은 하지 않는다.

3단계: 소리를 지르고 강한 어조로 막말을 한다.

4단계: 손이나 발이 나간다.

화가 나는 것까지는 자연스러운 일이다. 하지만 그렇다고 모든 경우에 다 화를 내야만 하는 것은 아니다. 그리고 주먹을 내지르거나 상대의 약한 부분을 푹 찌르는 공격적인 언어를 내뱉기보다 훨씬 나은 방식으로 감정을 표현할 수단도 있다. 그러기 위해서 필요한 것은 딱 5초다. 서너 번 숨을 쉬기만 하면 된다. 다만 위에서 살펴본 단계들을 떠올리고 어떤 수위로 표현하는 게 적절할지 한 번만 생각해보자. 그 사이에 전두엽이 작동하면서 상황을 헤아리고 판단을 내릴 것이다. 그런 뒤에도 화를 내는 게 맞다면 그때는 적절한 수준이라고 판단한 만큼만 화를 내자(그건 위험하지도 않고 마음을 염산으로 녹이지도 않는다). 단번에 되지는 않겠지만 노력을 기울이다 보면 분노를 표출하는 수위와 빈도가 전보다 낮아질 것이다. 최소한 내가 녹아버리거나 가까운 사람이 내 분노의 폭풍에 날아가버리는 일은 피할 수 있다.

이렇게 썼지만 내게도 여전히 가끔 이불킥 할 일이 생기니 참 쉽지 않은 것이 사실이다. 하지만 분노를 내 가까운 조언자로 두지만은 않으려 한다. 조지 버나드 쇼의 말을 유념하며.

분노와 상의하는 것은 좋지 않다. 분노는 형편없는 조언자다.

평범한 보통의 불행

"선생님, 저 같은 사람 본 적 있으세요? 처음이시죠?"

진료실에서 만난 분들이 가끔 내게 이렇게 묻는다. 긴 기간 진행하는 정신치료(상담치료 혹은 심리상담)를 위한 예비 면담 과정에서는 몇 번의 세션에 걸쳐 그의 인생에 대해 샅샅이 듣게 된다. 그리스인 조르바 같은 타고난 이야기꾼이 아니라 해도, 누구나 자신에 대해 네다섯 시간 정도 이야기할 수 있는, 특별한 자기만의 서사를 갖고 있다는 걸 알 수 있다. 사실 진짜 이야기는 그 모든 서사가 끝난 다음, 그 너머에 있다. 하지만 내담자 혹은 환자를 처음 만난 후 진짜 이야기까지 듣기 위해서는 그 사람이 의식적으로 구성한 자신만의 서사를 듣는 과정이 꼭 필요하다.

영웅적 이야기를 들려주는 사람도 있고 눈물이 핑 도는 기구한 이야기를 들려주는 사람도 있다. 코미디 같지만 비극 같기도 한 '웃픈' 이야기도 있다. 신기하게 어떤 이야기에나 기승전결이 있고, 스스로 지정한 인생의 터닝 포인트도 있다. 하지만 이것 말고 가장 큰 공통점은 따로 있다.

성공한 이들에게는 영웅 서사가 있다. 저마다 그만두고 포기하고 싶었던 힘든 시기가 있었지만 행운이나 우연한 기회를 통해 그동안의 세월을 버틴

보상을 얻는다. 그런 이야기를 들으면 당연히 기분이 좋아진다. 아쉽지만 진료실에서 듣게 되는 이야기는 대부분 비극이다. 어떻게 저렇게까지 운이 나쁜지, 어쩌면 저렇게 못된 사람만 만나는지, 애써 찾아온 기회를 왜 그렇게 망설이다 걷어차버리는지, 그리고 그런 일은 왜 꼬리를 물고 이어지는지 안타까워하는 나를 발견한다. 어떤 때에는 지어낸 이야기가 아닐까 상상하기도 한다.

그렇다면 이분들이 적지 않은 시간과 에너지 그리고 치료비가 드는 정신치료를 받으려는 이유는 무엇일까? 첫 번째는 인정을 받는 것이다. 우울하고 불행한 현재를 살아간다는 것을, 그 원인이 과거에 겪은 힘든 일과 그로 인해 입은 트라우마라는 것을 확인받고 싶어 한다. 두 번째는 자신의 서사 속 안타고니스트인 가해자로부터 사과를 받고, 가능하다면 용서 또는 단죄를 하고 싶어 한다(그 대상은 많은 경우 부모다). 세 번째는 지금의 우울하고 불행한 마음에서 해방되어 행복한 인생을 살아가는 것이다. 다시는 그런 아픔으로 인생에 옹이가 지는 일이 없게 튼튼하고 강력한 자아를 갖기를 원한다.

그래서 긴 시간과 에너지 그리고 치료비를 감수하는 것이다. 아쉽지만 최소 주 1~2회의 정신치료를,

나아가 시간과 수고가 가장 많이 드는 주 4회의 정신분석을 몇 년씩 받고 난 다음에도 처음 목표했던 변화를 얻지는 못한다. 과정이 길고, 들인 노력이 클수록 기대가 비례해서 커지기 마련이지만 말이다. 체질량지수 35의 고도비만이던 사람이 몇 달 노력한 끝에 바디 프로필을 찍는 데 성공하는 식의 극적인 변화를 모두가 기대하지만 그런 환상적인 변화는 일어나지 않는다. 정신분석이라는 긴 여정을 시작하기 전에 치료의 목표를 먼저 알아보고, 정신분석의 실체와 기대 그리고 목표를 공유하는 과정이 먼저 이루어져야 하는 이유다.

정신분석의 시초인 프로이트 본인도 그런 변화는 가능하지 않다고 했다. 그동안의 삶을 '신경증적' 비극이라고 여겨오던 사람이 정신분석을 받고 그 결과로 자아의 메커니즘과 무의식의 갈등을 이해하고, 가혹한 초자아를 순화시키고 분별하고 조절할 수 있게 된다.

정신분석을 받으러 온 내담자는 그전까지는 이 세상에서 이런 일은 오직 자신만 경험하고, 그 누구도 자신만큼 비극적으로 살아본 적 없을 것이라 굳게 믿는다. '신경증적'이라는 것의 의미가 그렇다. 자기

애적 관점에서 유니크해야 하고 남과 다른 고통을 경험하는, 독특한 비극적 사건의 유일무이한 주인공이어야 한다. 실제로 힘들고 괴로운 삶을 살아왔다고 여겨야 자기 자신을 설명하고 이해할 수 있다. 그리고 정신분석의 과정에서 이를 인정받을 거라고 기대한다.

누구나 자신의 삶을 일관되고 지속적인 흐름과 기승전결의 스토리라인을 가진 이야기로 구성하는 경향이 있다. 그렇게 하면 자신의 현재를 설명하기 좋고 스스로의 정체성을 이해하는 데 도움이 된다. 그렇지만 거기에는 치명적인 위험이 하나 있다. 스스로 구성한 서사에 부합하지 않는 경험이나 팩트는 배제하거나 과소평가하게 되는 것이다. 서사란 하나로 이어진 선과 같은 형태를 갖고 있는데, 만일 그 선에서 벗어나는 사건이 있다면 자기 자신을 설명하는 데 어울리지 않는다고 생각할 것이다. 더욱이 이는 미래를 조망하는 일이나 삶의 결말에 대한 낙관 또는 비관과도 연결된다. "내 인생은 실패작이야", "내가 아무리 노력해도, 일이 잘 풀리는 듯해도 그 끝에는 보잘것없는 것만 손에 남을 거야" 같은 것들.

자신의 인생을 기구하고 비참한 비극의 서사로 구성한 사람이 있다고 치자. 그 이야기의 힘은 무척

강렬할 것이다. 이를테면 이십대 초반에 상위권 대학에 입학했고 그 덕에 괜찮은 회사에 취업할 수 있었던 일은, 사십대가 된 비극의 주인공인 자신의 입장에서는 더 큰 몰락을 위한 아주 짧은 봄날일 뿐이다. 또 중산층 집안에서 큰 어려움 없이 자라난 사실보다 사회적으로 성공해서 바빴던 아버지의 부재와 권위적 언행이 지금의 비극적 서사에 더 어울린다. 이것은 거짓말이 아니라 그 사람 마음 안의 오래된 '서사적 진실(narrative fact)'이다. 그러니 당연히 스스로 그리는 미래도 이 궤적에 어울리게 흘러갈 것이다.

오랜 기간 진행되는 정신분석적 치료의 목적은 그동안 그 사람을 설명해오던 서사에 의문을 갖고 하나하나 점검하면서 그 축을 변화시켜보는 것이다. 이미 자신을 설명하게 구축된 서사를 바꾸기란 어려운 일이고, 그렇기에 강한 저항을 만나게 된다. 게다가 치료의 결과로 영웅이 되거나 어떤 괴로움도 없기를 기대한다면 그 변화는 더욱 힘들 것이다. 그래서 프로이트는 『히스테리 연구』에서 이렇게 말했다.

정신분석의 목표는 신경증적 비극을 평범한
보통의 불행으로 전환시키는 것이다.

사실 자신은 엄청난 비극의 주인공도 아니고 그 고난을 뚫고 영웅적 서사로 결말을 맺는 신화적 존재도 아니다. 그동안 살아오면서 겪은 일들은 운명적으로 일어날 수밖에 없었던 비극이라는 큰 서사적 흐름 속의 사건들이 아니다. 알고 보면 남들도 다 겪고 넘어가는, 평범한 보통 사람의 고만고만한 일들이다. 이 모든 것을 받아들임으로써 자기 삶의 서사를 신경증적인 선택으로 인해 파멸로 치닫는 그리스 4대 비극 같은 이야기에서 평범한 일상에서 우연히 벌어진, 스스로 통제할 수 없는 불행한 사건들을 경험한 보통 사람의 이야기로 이해하는 과정이 정신분석의 목적이다. 소아과 의사이자 정신분석가인 도널드 위니코트는 이렇게 말했다.

진짜 신경증이 반드시 질환인 것은 아니다.
우리는 이를 삶이 어렵다는 증거로 생각해야
한다.

우리는 보고 싶은 만큼 자신을 보고 세상을 본다. 삶을 힘들게 만드는 트라우마 역시 자신이 '트라우마'라고 인식한 때부터 영향을 미치는 것이다. 사실 삶이 어렵다는 증거였을 뿐인데 트라우마의 피해

자가 되어버리니, 좀 아이러니하고 억울해질 가능성
까지 있다. 하지만 이를 견디며 살아가기 힘든 것은
그걸 '트라우마'라고 인식한 신경증적 심리 때문이다.
그렇게 여기는 순간 그 고통은 완전히 사라져버려야
할 대상이 되어버린다. 프로이트는 말했다.

신경증은 모호함을 참고 견디는 능력이 없는
것이다.

확실하고 분명한 원인을 찾지만 인생은 불확실
하고 모호한 것투성이고, 끝까지 이유나 원인은 모른
채로 종결되는 일이 더 많다. 그리고 자기 자신과 주
변의 중요한 사람들도 그저 군중의 일부이며 거대한
삶의 흐름 속에서 각자의 역할을 했던 것이지, 가해
자도 피해자도 아닌 때가 더 많다. 하지만 신경증적
상황일 땐 그걸 인정하지 못해서 사는 게 고통스럽고
힘들다.

'나는 숨은 주인공일 거야', '백조가 되는 미운
오리 새끼일 거야'라고 생각하면서 숨죽여 살지만 실
은 조연이거나 단역일 뿐이며, 사실 모두가 그런 역
할로 무대에 서 있다는 것을 이해해야 한다. 그러면
실패한 일, 자신의 의도대로 풀리지 않은 사건으로

자기 자신을 정의하는 일은 더 이상 일어나지 않는다. 실패와 좌절로 이어진 서사 속에서라면 '아, 역시 일어날 일이 운명적으로 일어났구나'라고 받아들였을 일들도 평범한 불행의 관점에서 보면 '좋은 일이 일어났다면 나쁜 일도 일어날 수 있고, 길게 보면 그 확률도 엇비슷하다'라고 여길 수 있게 된다. 실패의 서사 속에서는 사건이 자신의 정체성이 되고 이를 통해 스스로를 규정하니 훨씬 크고 의미 있는 일이었다면 이제는 그냥 한 번 일어난 일, 고통스럽기는 하지만 오래 가지 않고 잊힐 일이 된다.

　살면서 일어난 많은 일들을 큰 종이 위에 적어본다고 하자. 좋은 일은 파란색, 나쁜 일은 빨간색, 중립적 사건은 검은색 펜으로 쓴다. 다 적고 나서 벽에 붙인 후 조금 멀리 떨어져서 팔짱을 끼고 쳐다본다. 누군가의 종이는 빨간색 글자들이 선처럼 이어져 불행의 서사가 바로 눈에 들어오기도 하겠지만, 실은 거의 모든 사람의 종이는 대체로 검은 색에 파랑과 빨강이 종종 흩뿌려진 그런 모습일 것이다. 우리 삶에는 수많은 기억할 만한 사건들이 있고, 아주 작은 성공과 실패 그리고 꽤 컸던 실패와 그만큼의 성공이 그야말로 '점철'되어 있다. 하지만 이 '점'들은 무작위로 발생한 별도의 사건들이고 꼭 엮어서 설명해야만 할 이유도 없다. 그냥 일어날 만한 일이 일어난 것이다. 그러니 흘러갈 일은 흘러가게 두는 것이 낫다.

'몇 년에 걸친 정신분석의 결과물이 고작 이거라고?' 싶을지도 모른다. 허탈하고 힘이 빠진다. 스스로가 게임 속에서 멋진 미션을 수행하는 주인공이 아니라 진행을 위해 프로그램이 만든 NPC(non-player character) 같은 존재라는 느낌에 실망감이 밀려들기도 할 것이다. 그러면 뭐 어떤가, 쓸모가 있으니 생성되어 역할을 하는 것인데. 일일 연속극에 나오는 이모, 삼촌, 동네 세탁소 사장 역을 하는 중년 배우들은 겹치기 출연을 해도 되니 무척 바쁘다. 한 작품을 끝내고 나면 일정 기간 쉬어야 하는 주연급 배우와 달리 이들은 월급 받는 직장인처럼 스튜디오로 쉬지 않고 출근한다. 눈에 띄는 역할도 아니라서 버스나 지하철을 타고 다녀도 알아보는 사람도 별로 없다. 솔깃하지 않나?

어떤 일이 벌어진다면 "It is what it is"다. 복잡하게 생각하지 않아도 되는 일이 더 많다. 일어날 일이 운명적으로 벌어진 것이 아니라 그냥 어떤 일이 생겼을 뿐이니까.

혼자 있기 워크숍

약속이 있거나 회의가 잡혀 있지 않다면 평일 식사는 가급적 혼자 하는 편이다. 하루 종일 앉아서 이야기를 듣고 또 하는 직업이다 보니 점심 먹는 시간에라도 귀를 닫고 말을 멈추고 싶다. 여기에 병원에서 최대한 멀리 떨어진 곳까지 걸어가 밥을 먹고 돌아오면 얼추 운동량을 채우는 성과도 있다.

몇 년을 그렇게 지내다 보니 병원 근처에 혼자 식사할 만한 곳을 꽤 많이 알게 되었다. 하루는 북쪽으로 다른 날은 남쪽으로 방향을 정해서 걷다가 마음에 드는 곳에 들어가곤 했는데, 요즘은 새 식당을 찾기보다 아는 곳에 한 번씩 가는 편이다. 처음에는 〈고독한 미식가〉의 '고로 상'에게 동질감도 느꼈지만 이제 그런 마음은 없고, 매번 가던 곳이 사라지면 뒤늦게 '더 자주 갈걸' 하는 미안함과 아쉬움을 느낄 뿐이다.

하루는 순댓국집에서 주문을 하고 기다리고 있었는데, 마침 병원 직원들이 옆 테이블에 앉았다. 나를 알아보고는 "왜 혼자 오셨어요?"라고 물었다. 악의 없는 인사말이긴 했지만 아무래도 그들에게는 혼자 점심을 먹는 내가 낯설어 보였던 모양이다. 순간 갑자기 뭐랄까, 사회성 떨어지는 외톨이로 보이는 건가 싶었다. 지금 이 식사가 괴팍하고 날카로운 사람의 생존식 섭취처럼 보일 수 있다는 걸 처음 깨달은 것이다. 요새는 워낙 혼자 식사하는 사람이 많아서 그런 내 모습이 아주 낯설게 보이지 않겠지만, 코로나 이전만 해도 흔치 않은 풍경이라 더욱 그랬을 것이다. 그로부터 얼마 뒤 마리엘라 자르토리우스의 『고독이 나를 위로한다』에서 이런 구절을 읽었다.

사람들이 정말로 두려워하는 것은 '홀로 있는 것'이 아니라 '외톨이로 여겨지는 것'이다.

홀로 있는 자체가 두렵다기보단 '외톨이로 여겨지는 것'이 더 신경 쓰인다는 걸 나 또한 경험했기에 공감이 됐다. 고대 그리스 사회에서 가장 큰 형벌은 사형이 아니라 추방, 즉 공동체의 일원으로 대하지 않는 것이었다. 감옥에서도 말썽을 일으키면 독방에 수감한다. 사회에서 격리된 것을 넘어서서 동료 죄수들과도 소통하지 못하게 하는 것이 가장 심한 처벌이다. 그만큼 인간은 혼자 있음을 견디지 못하고 두려워한다.

영국에서는 외로움을 해결하는 정부 부처를 만들어 장관을 임명할 정도로 외로움을 개인적 차원이 아닌 사회적 문제로 다루고 있다. 신체적 건강과 평균 수명 관련 연구에서도 혼자 사는 사람에 비해서 가족이나 가까운 지인들과 괜찮은 관계를 유지하는 사람이 그렇지 못한 사람에 비해 건강하고 수명이 길었다. 여러모로 종합해보면 인간은 혼자 있음을 본능적으로 싫어하고, 그러지 않으려고 애를 쓴다. 그래서 외로움을 병이라고 여긴다. 하지만 외로움에서 벗어나기에만 급급하다가는 역풍을 맞기 쉽다. 자신을 막 대하는 사람과도 관계를 끊지 못하고 질질 끌려간다. 에너지를 쪽쪽 빨아들이고 자신을 '호구'로 만드는 에너지 뱀파이어들에게도 "싫어", "그만해"라고 하지 못하는 먹잇감으로 살아간다.

한편 살면서 여러 이유로 에너지가 바닥난 사람들은 동굴로 들어가서 숨는다. 기본적 생활이 안 되니 에너지 소모를 최소화하면서 충전의 시간을 갖는다. 사람을 만나지 않고 하던 일을 줄이면서 생활 반경은 극도로 좁아진다. 그게 우울이다. 그런데 평소 외로움을 많이 타던 사람이라면 이렇게 지낼 수밖에 없는 우울 상태가 더욱 힘들고 고통스럽다.

고독, 외로움, 우울… 혼자 있는 상태와 연관되어 비슷한 의미로 자주 뒤섞여 사용되지만 실은 꽤 다른 상태와 지향점을 다루는 개념이다. 지금 자신의 혼자 있음이 어떤 상태인지 잘 구별하고 그게 어디서 왔는지, 자발적인지 아닌지, 원인은 무엇인지 판단할 필요가 있다.

우울(depression), 외로움(loneliness), 고독(solitude)을 한 줄로 세워놓고 비교해보자고 제안하고 싶다. 둘씩 비교해보자. 먼저 '우울'과 '외로움'이다. '우울'은 말 그대로 우울한 것, 마음의 에너지가 바닥이 난 상태다. 이때는 사람 만나는 것도 부담스럽다. 누가 다가오면 움츠러든다. 동굴 속으로 들어가 있는 게 편하다. 아주 가까운 사람이 다가와도 관계에 수반되는 주고받음 자체가 부담스럽다. 조금 노력을 기울이면 더 많은 걸 받을 수 있지만 그마저도 버거운 상태다. 그에 반해 '외로움'은 누군가에게 다가가고 싶다는 신호다. 외로움은 누군가와 함께하는 것으로 해소되거나 줄어든다. 여럿이 함께 있을 때는 나아졌다가 집에 돌아오면 다시 외로움을 느끼기도 한다. 우울한 것과 비슷해 보이지만 확연히 다르다. 우울한 사람이나 외로운 사람이나 혼자 있는 상태인 것은 마찬가지지만, 우울한 사람은 누가 올까 불안하고 만나면 부담스러운 반면 외로운 사람은 누가 곁에 없을까 불안하고 함께하면 즐겁고 평온해지며 누군가를 애타게 원한다. 외로움은 적어도 누군가를 만나

소통하고 관계를 가질 에너지는 있다는 걸 뜻한다. 우울보다는 한결 에너지가 있는 상태다. 우울이 관계의 후진 기어라면 외로움은 전진 기어와 같은 역할을 한다. 심한 우울증이 있어서 혼자 지내던 분이 외로움을 느끼는 것은 동굴에서 나올 준비가 되었다는 신호다. 내가 겪은 임상 현장에서는 외로움이 좋은 감정의 역할을 할 때가 많다. 외로움이 부정적인 것만은 아니다.

이제, '외로움'과 '고독'을 구별해보자. '외로움'은 혼자 있는 걸 힘들어하는 감정이다. 혼자 있기보다 누군가와 함께 있기를 원한다. 혼자 있으면 안전하지 않거나, 춥거나, 힘들다고 여긴다. 관계가 단절된 상황에서 외로움은 필요한 감정이기도 하지만, 채워지지 않는 외로움은 오히려 관계를 망가뜨리거나 자존감을 바닥낼 수도 있다. 외로움이 적당한 관계 안에서 채워지지 않고, 지속적으로 관계의 급유(給油)를 원한다면 문제가 생긴다. 누군가와 떨어져 혼자 있는 걸 견디지 못하는 것은 삶의 여러 어려움의 원인이 된다. 이에 반해 '고독'은 혼자 있음을 인정하는 것, 혼자 있어도 괜찮다고 여기는 마음이다.

고독이 자발적인 자기 격리라면 외로움은 비자발적 혼자 있음이다. 외로움은 타자와의 연결 욕구

가 충분히 만족되지 않은 사실에 대한 정서적인 반응
이며, 타인을 필요로 하지만 함께하지 못하는 소외의
의미를 담고 있다. 그래서 혼자 있음을 해결하는 것
으로 외로움은 종결된다. 반면 고독은 혼자 있는 것
을 깨닫고는 있지만 굳이 그 상황을 다른 사람과 함
께하는 것으로 끝낼 필요는 느끼지 못하는 상황이다.
그냥 혼자 있고 그것을 인정하는 상태, 어떠한 판단
도 없는 중립적인 상태이며 감정이 배제된 표현이다.

　관계를 유지하기 위해서는 최소한의 에너지가
필요하며, 지쳤을 때에는 자발적인 고독을 효과적인
충전 수단으로 삼을 수 있다. 그러나 알고는 있어도
현실은 고독해질 자유조차 없는 경우가 많다.

　위대한 일은 한결같이 시장터와 명성에서 멀리
떨어진 곳에서 이루어지기 마련이다. […] 너의
고독 속으로 달아나라!

　니체가 『차라투스트라는 이렇게 말했다』에서
한 말이다. 사회적 존재인 인간은 관계에서 소외와
외로움을 느끼면서도 어떻게든 부대끼며 지내려 한
다. 그러니 타인의 시선을 의식하고 집단과 사회라는

주어진 환경에 맞춰가려 애를 쓴다. 마음의 눈과 귀를 외부로 돌리는 것이 우선된다는 말이다. 하지만 외부로만 시선을 돌리다 보면 자기 안의 탄탄함을 잃고, 외부에 반응만 하느라 본연의 정체성을 잃어버릴 수 있다. 하고 싶은 마음이 우러나 스스로 결정을 내리는 게 아니라 이리저리 휩쓸리는 하루를 보내다가 '어느 것이 진짜 나의 선택'인지 모르게 될 지경에 이를 수도 있다.

　이때 고독이 절실하게 필요하다. 공동체에서 떨어져 나와서 거리를 둘 수 있어야 그때부터 '나는 누구인가'라는 정체성에 대한 질문과 내적 성찰을 시작할 수 있다. 남의 시선에 신경 쓰느라 보지 못하던 자신을 대면해야 한다. 고독이 줄 수 있는 가장 값진 선물이다.

　혼자 있는 이 시간을 두려워하지 말자. 또, 그 시간에 뭔가 대단한 성찰을 해야만 하는 게 아니라는 것도 알아두자. 스스로를 돌아보면 무서운 생각이 올라올까 봐 지레 겁을 먹게 되지만 그렇게 두려워할 필요 없다. 그냥 외부로, 타인으로 향하던 시선을 잠시 거두고 혼자만의 시간을 갖는 것으로 충분하다.

　혼자 가만히 있다 보면 자연스레 시선은 자기

자신을 향한다. 숨소리, 심장 뛰는 소리부터 잔잔한 리듬으로 조용히 들린다. 하나하나 반응하지 않아도, 그저 지켜보기만 해도 된다. 곧이어 자기가 원하는 것과 피하고 싶은 것은 각각 무엇이었는지, 지금 상태에서 마음속 에너지의 잔고는 얼마인지 확인하는 시간을 갖는다. 그것만으로 충분하다. 마음속에도 일상에서 벗어나 평가와 성찰의 시간을 갖는 워크숍이 필요한 셈이다.

인간관계에서도 가랑비에 옷 젖는 일은 예외 없이 생긴다. 자잘하게 남을 신경 쓰고, 반응해주고, 공감해주는 일에는 품이 든다. 하지만 타인의 응원이나 감사의 피드백을 자신이 베푼 것만큼 혹은 그보다 더 받기는 쉽지 않다. 만일 에너지 잔고가 마이너스로 이어져간다면 이제는 외부로 향하던 문을 닫고 고독의 시간을 가져야 한다. 신체의 독소를 뽑아내듯 관계에도 디톡스가 필요하고, 그걸 고독이 담당한다. 음과 음, 박자와 박자 사이에 쉼표가 있어야 리듬과 멜로디가 만들어지고 음악이 구조를 이룰 수 있듯, 관계에서는 고독이 바로 그 빈 공간을 만들어준다.

이렇게 보니 외로움이 아니라 고독이라 이름 붙이면 감정적으로 중립적일 뿐만 아니라 뭔가 좀 있어 보이기까지 하는 듯하다. 혼자를 잘 견뎌내는 사람,

고독을 즐기지는 못해도 최소한 잘 버티면서 이용하는 사람은 멋지다.

그런 면에서 우울, 외로움, 고독은 한 줄로 서 있는 것 같다. 에너지가 바닥이 난 상태가 우울. 누군가를 만나고 싶어도 못 만나고, 외로워해볼 여유도 없다. 에너지가 좀 채워지고 나면 외로움이 생긴다. 사람을 그리워하고 만나고 싶어진다. 행동 반경을 조금씩 넓혀갈 수 있다. 그렇지만 외로움이라는 정서에 사로잡혀 휘둘릴 위험은 여전히 있다. 그다음이 정상 범위의 에너지를 가진 상태, 즉 자발적 선택을 통한 관계의 디톡스 그리고 생각의 정리를 위한 고독이 필요해지는 순간이다. 그건 스스로 원해서 하는 행동이다. 이때의 고독은 자기 자신을 위한 평온한 침잠의 시간이 된다.

혼자 있는 사람이라면 분명 이 줄 위에 서 있을 것이다. 자신이 주로 어디에 서 있는지 한번 생각해보자. 그리고 자신이 어디쯤 있는지 확인했다면 그에 맞춰 적절히 반응하면 된다. 세 가지 상태 모두 불쌍한 것도, 연민의 눈으로 봐야 할 것도 아니다. 다 나름의 흐름이 있는 일련의 감정들이다. 남들이 나를 어떻게 볼지 의식하기보다, 일단 내 상태를 점검하는 것이 더 우선이다.

대체로 내게 무관심하다

"하 선생, 혹시 P교수에게 잘못한 거 있어요?"

"네? 왜요? 기억나는 게 없는데요."

"얼마 전에 만났는데, 선생에 대해서 안 좋게 이야기하더라고. 내가 아는 선생이랑 다른 사람인 것처럼 말해서. 무슨 일이 있었나 했지."

수련을 막 끝내고 한 병원에서 근무하면서 논문과 책을 쓰며 지낼 때의 일이다. 함께 연구를 하는 교수와 저녁 식사를 하는데, 내가 다른 교수에게 잘못한 일이나 책잡힐 일이 있었는지 물어왔다. 그때부터 그 생각이 떠나지 않아서 식사하고 돌아오는 내내 머릿속에 엉킨 실타래 한 덩어리가 있는 것 같았다.

그날 밤 잠자리에 누웠다가 벌떡 일어났다. 드디어 떠오른 것이다. 수련 중에 한 번 언쟁이 있었는데 그게 그분에게는 꽤나 자존심 상하는 사건이었던 듯하다. 뭐, 의견이 맞지 않는 상황이라 그렇겠지 하며 넘어갔다.

몇 년 후에 큰 모임에서 우연치 않게 문제의 그분과 한 테이블에 앉게 되었다. 사이다를 마시고 싶다고 하기에 마침 내 앞에 놓여 있던 사이다 병을 집어 병따개로 뚜껑을 따서 전달했다. 그분은 냉소적인 미소를 띠며 "어? 네가 이런 것도 해주니?"라고 말했다. 그냥 고맙다고 했으면 됐으련만. 참 뒤끝 있는 분이라는 생각이 들었다. 나는 그 자리에 10분쯤 앉아 있다가 다른 분들에게 인사하겠다는 핑계로 일어나서 자리를 옮겼다.

20년 정도 지난 일인데 아직까지 생생하다. 왜냐하면 그때 나는 신분이 불안정했고, 대학에서 자리를 얻기 위해 노력하고 있었다. 누군가 나를 밀어주려면 큰 부담을 느끼겠지만 그에 비해 내 험담을 해서 갈 길을 훼방 놓는 일은 훨씬 쉽다는 것 정도는 알 만한 나이였다. 내 평판에 흠집을 내는 말을 하는 그가 영향력 있는 인물이고, 내가 가고자 하는 그 길목에 서 있다는 건 무시하고 넘어가기 어려운 일이었다.

고민이 되었다. 어떻게 하면 그가 나를 좋아하게 될까. 아무리 궁리를 해도 답이 나오지 않았다. 성향도 다르고 스타일도 달랐다. 무엇보다 내가 그와 가까이 엮이거나 오래 같이 있고 싶지 않았다.

그렇게 시간이 흐르고 나는 다니던 직장에서 토론토로 일 년간 해외연수를 가게 되었다. 그곳에서 정신의학에 대한 연구를 하면서 정신분석연구소에 들어가서 수업을 듣고 정신분석을 받았다. 이국에서 일주일에 네 번의 정신분석을 받는 과정은 아주 비싼 영어 교습이면서 동시에 한국에서 겪은 수많은 일들과 그에 얽힌 감정을 복기하는 과정이었다. 수백 세선이 지나면서 내게 큰 상처라고 생각했고 당시에는 엄청나게 여겨졌던 그 일이 실은 나를 죽이지 못하고 내게 치명상을 입히지도 않을 일이라는 것을 받아들이게 됐다. 아무 일도 아닌 것은 아니지만 그냥 일어날 만한 일이 일어났을 뿐이라고. 그러면서 서서히 마음이 정리되었다. 그냥 이런 사람도 있고 저런 사람도 있다는 것. 나를 미워하는 데에는 이유가 없을 수 있고 좋아하는 데에도 이유가 없다는 것. 불편하고 거슬리는 사람이 있다면 그냥 서로 유형이 다른데 잘못 묶인 탓이다. 이후 어디선가 읽은 것 같기도 하고 들은 것 같기도 한 이야기가 있다.

인간관계에는 1:2:7의 법칙이 있다.

한 명은 나를 미워하고, 두 명은 나를 좋아한다. 나머지 일곱 명은? 내게 무관심하다. 어릴 때는 내 가족들처럼 모든 사람이 나를 좋아할 것이라 믿는다. 어쩌다 친구나 형제와 다투게 되면 그렇게 서운할 수가 없다. 어떻게든 틀어진 관계를 되돌리고 싶어 한다. 엄마 아빠가 내 일거수일투족을 모두 알듯이 나와 한 공간에 있는 사람들, 예를 들어 학교 친구와 선생님, 나중에는 회사에서 만나는 동료나 선후배가 모두 나에게 관심을 갖고 내가 뭘 하는지 지켜보고 있다고 여긴다. 사회성이란 자신의 평판에 대한 예민함과 함께 키워지는 것이다.

그렇지만 어른이 되면 확실히 달라져야 한다. 어떤 조직에서든 열 명이 있다고 하면 나와 너무나 성향이 다른 한 명이 확률적으로 존재할 수밖에 없다. 그 사람은 사사건건 나와 부딪힌다. 좋아하는 것이 다르고, 싫어하는 것도 달라서 함께 맞춰가기 힘들다. 그러다 보니 어느 순간부터 감정적으로 불편하다. 심한 경우 상대는 적이 되어서 나에 대해 나쁜 이야기를 한다. 이 사람이 나를 좋아하게 만드는 게 가능할까? 어른과 어른이라면 극적인 일이 벌어지지 않는 한, 혹은 내가 엄청나게 능력자가 되어서 그가 나를 좋아할 수밖에 없는 상황을 만들지 않는 한 무척 어려운 일이라는 것이 내 결론이다. 그의 마음을 돌리려고 애쓰는 데 에너지를 들이지 않는 게 더 낫다. 그냥 나와 껄끄러운 사람이 내 생활 공간에 존재한다는 걸 인정하고 적당히 거리를 두고 지내면 된다. 저쪽이 나를 건드리지 않으면 나도 건드리지 않겠다는 태도 정도면 된다. 어떤 곳으로 옮겨 가더라도 지내다 보면 이런 사람을 몇 명은 만날 수밖에 없다. 확률 게임이다.

자, 이제 두 명의 마음 맞는 사람에 대해 생각해 본다. 이 두 명은 나와 죽이 참 잘 맞는다. 덕분에 내가 일상생활을 하는 데 활력을 준다. 소소한 일상을 나눌 수 있고, 취향이 다르지만 서로 존중하기도 하고 그 색다름이 나를 확장하는 기회가 되기도 한다. 이들 덕분에 내 일상이 즐겁다. 이들은 내 편이다. '우리'라는 마음을 가질 만하다.

나머지 일곱 명은? 이들이 모두 나를 좋아해야 한다고 생각하면 지치고 힘들어질 일이 더 많아진다. 모두에게 '좋은 사람'이 되려고 에너지를 쏟는 일이 반복된다. 이들에게 좋게 보이기 위해 안 해도 되는 일에 나서고, 모두가 하기 싫어 하는 일을 떠안는다. 착하고 성격 좋은 인물 정도로 포지셔닝은 되겠지만 그렇다고 그들이 나를 좋아하거나 미워하게 되지는 않는다. 그냥 '그런 사람이 있구나' 싶은 정도의 적당한 무관심이 나에 대한 이들의 '스탠스'다. 그게 현실이다.

난 지금 같은 병원에서 15년 이상 근무해왔고 2천 명에 가까운 동료 직원들이 있다. 그렇지만 친밀하게 지내는 몇 명을 제외하고는 이들의 대부분이 내 일상도, 내가 뭘 하고 다니는지도 모른다. 가끔 홍보실에서 자료를 만들어 붙이지만 그걸 눈여겨보는 사람은 드물다. 서운하다기보단 묘하게 안심이 된다.

이 정도가 관계에 들이는 에너지로 적당하다. 한 명 정도는 나를 미워하고, 두 명은 나를 좋아하는 내 편이고, 나머지 일곱 명은 내게 관심이 없다. 그러니 나를 좋아하는 두 명과 즐겁게 지내며 시간을 보내면 된다. 일곱 명에 대해서는 적당한 친절이면 충분하다. 나중에 그들이 '그 사람 누구더라'라고 생각할 때 '친절한 사람' 정도로 떠올리면 된다. 그 평판이 나를 지켜준다. 나 역시 그들에 대해 거리를 두고 지나친 관심을 끄고 지내는 무심한 마음을 갖는다. 이 법칙에 맞춰서 내게 맞는 사람 두 명과 잘 지내려고 하고, 가끔 나와 맞지 않는 사람이 등장하더라도 내 잘못을 찾거나 그 사람의 오해를 풀려고 애를 쓰기보다 '아, 나올 때가 되었구나' 정도로 이해하고 받아들인다.

이 법칙의 다른 버전이 있다. 한 명은 나를 좋아하고 두 명은 나를 미워하고 일곱 명은 내게 무관심하다는 것. 검색을 해보면 이 버전도 꽤 많이 만난다. 이 말도 맞을 수 있다. 핵심은 열 명 중 일곱 명은 내게 무관심하다는 것. 그러니 그들의 눈치를 보며 살필요도 없고, 그들이 날 온전히 좋아하기만을 바라며 살 이유도 없다.

사람에 따라 두 버전 중에 자신에게 더 맞는 쪽이 있을 텐데, 나는 이왕이면 나를 좋아하는 사람이 한 명이라도 더 많고 싫어하는 사람이 적으면 좋겠다는 생각을 한다. 조직에 백 명이 있다면 한 명 차이가 아니라 열 명 차이가 된다. 그만큼이 날 싫어한다고 생각하면 주눅 들어 지내게 될 듯하다.

두 가지 버전이 모두 존재하는 상황을 상상해보았다. 그러면 두 명이 나를 미워하는 상황에서 한 명만 나를 미워하는 상황으로 변화시키려는 노력을 해야 한다. 그럴 때 어떻게 하는 게 좋을까? 그래도 개중 나를 덜 미워할 듯한 사람에게 적절한 수준의 호감을 보이는 게 좋겠다. 내게 무관심한 일곱 명 중에서 한 명 정도를 새로운 친구로 만들어보려고 시도해볼 수도 있다. 원래 친하던 두 명에게는 미안하지만 한동안은 조금 소홀해질지도 모른다. 그렇다고 나를 미워하게 되지는 않을 단단한 관계이니 너무 불안해하지는 말자.

아, 그리고 눈엣가시처럼 자꾸 거슬리는 그 한 명. 그가 특히 내게 으르렁대는 시기거나, 어쩔 수 없이 가까이 지낼 수밖에 없는 상황이 생긴다면 이런 마음을 가져보면 좋겠다.

"설마 나를 죽이기야 하겠어?"

실제로도 그렇다. 서로 위협할 수도 있고 적대감이 은연중에 쓱 드러나기도 하지만, '이까짓' 사회생활에서 죽고 죽이는 궁극의 파멸로 이어질 일은 거의 없다. 우리의 원초적 불안이 괜히 자극되는 것일 뿐이다. 완전무결한 백 점짜리 관계를 지향하고 그걸 이루지 못해 걱정하는 것보다 관계의 바닥을 바라보면서 거기서부터 안전한지 확인하는 일이 더 쉽고, 그러고 나면 금방 안심이 된다.

사이다 뚜껑 따 드린 걸 냉소하시던 그분과 나의 관계는 지금 어떨까? 어떤 감정도 없다. 요새도 가끔 만나는데 인사하고 지나치는 정도다. 물론 특별히 엮일 일도 없고, 같은 정신과 의사지만 활동하는 영역도 달라 마주칠 일이 거의 없다. 무엇보다 이제는 내게 영향을 미칠 일도 없다.

시간이 지나면 미움받아서 화나고 억울하던, 보란 듯이 미움으로 되돌려주려던 마음은 옅어진다. 나이 들어가는 것이 그런 것 같다. 치고받고 옥신각신 다투면서 입으로 불을 뿜는 고질라가 되는 건 젊을 때 일이다. 돌아보면 그랬던 내가 부끄럽기도 하고, 에너지가 참 많던 시절이었구나 싶기도 하다. 지금 같으면 '남 미워할 시간에 내 일이나 잘하자'고 다짐할 텐데 말이다.

뇌는 도식을 좋아해

나를 찾아온 환자를 진단하는 일이 솔직히 갈수록 어렵다. 알다시피 정신건강의학과는 뾰족한 검사가 없다. 혈액검사를 해서 낮은 혈색소 수치로 빈혈을 진단하거나 간염 항원을 찾아내 간의 이상을 찾거나, 영상의학적 검사로 뇌종양이나 경막하출혈을 한 번에 딱 잡아내는 그런 기술이 없다. 그저 환자와 보호자의 말을 잘 들어보고, 행동에 대한 관찰을 토대로 진단 기준에 맞춰보는 것이 최선이다. 전공의를 시작할 때에는 DSM*으로 통칭하는 표준 진단 기준을 달달 외워서 맞춰보았다. 지금도 전공의와 콘퍼런스를 할 때에는 "아무개 씨는 우울증 진단 기준 열두 개 중 다섯 개 이상의 증상이 있으므로 주요우울증에 합당합니다"라는 보고를 받고, 정말 그런지 하나하나 맞춰본다.

경험이 충분히 쌓일 정도로 많은 환자를 만나고 치료를 해왔지만 환자나 보호자가 "제 진단이 뭡니까?"라고 물어볼 때 답하기가 점점 곤란해진다. 요새는 대부분 병원을 오기 전에 검색도 하고 혼자서 질문

---

*   정신질환 진단 및 통계 매뉴얼(Diagnostic
     and Statistical Manual of Mental Disorders).
     미국정신의학협회(APA)에서 발행 및 개정하는 분류 및
     진단 절차로 전 세계적으로 가장 널리 사용된다.

지형 검사지도 풀어보면서 어떤 진단이 내려질지 감을 잡고 온다. 그렇지만 사람 마음이라는 게 그렇게 간단하지 않다는 것이 문제다. 특히 정신분석적 관점, 뇌과학적 기질과 약물 반응성, 가족력, 신체질환의 영향, 스트레스에 대한 반응과 회복탄력성, 지금까지의 삶에서 일어난 사건이 그 사람의 현재에 미친 영향 등 많은 정보를 알게 될수록 머릿속은 더 복잡해진다. 각각의 정보에 대한 수많은 논문과 책, 그리고 내가 가진 경험이 3차원 그래프 안에서 매칭된다. 그러니 진단과 평가는 하지만, 그렇다고 "인슐린 의존성 당뇨병이네요. 당화혈색소 수치가 11인 걸 보니 오랫동안 관리가 안 되었고. 인슐린을 쓰기 시작하면 좋겠네요"라고 하듯이 "주요우울증이고, 중등도 정도 수준입니다"라고 딱 떨어지게 말하기가 어렵다.

강박과 우울을 호소하는 사십대 중반의 여성이라고 치자. 그가 하는 이야기를 죽 듣고 나면 내 머릿속에서는 이렇게 정리가 된다.

'어릴 때에는 큰 문제가 없어 보이는데 십대 중반 사춘기 변화 이후부터 증상이 생겼고 과수면, 체중 증가, 대인관계의 민감함이 있었네. 다행히 성적은 아주 좋았던 걸 보니 지적 능력으로 문제를 감추고 지냈지만 대인관계가 민감해서 친하게 지내는 친구는 두세 명 정도. 그래도 깊고 오래 사귀는 것은 가능하다. 가족들의 지지는 나쁘지 않은 편. 다행히 학교폭력 같은 큰 사건에 연루된 적은 없다. 지금의 우울증은 십대 이후 생물학적 변인이 생긴 것으로 보이는데. 직장은 유지하는 것을 보니 아주 무너진 적은 없다. 이십대 중반에 심한 우울증이 있었는데 그래도 잘 버티고 넘어갔네. 이번에 온 것은 아이들이 사춘기를 타고 반항을 하는데, 어느 순간 힘이 확 들면서 직장도 유지하기 어려워서고. 그래서 용변 실수를 할까 봐 겁이 난다는 불안에 강박적으로 화장실에 갔던 것이군. 기질적인 생물학적 밭은 나쁘지 않지만 중년기를 맞이해 생기는 삶의 큰 숙제들이 무게감으로 느껴지면서 확 힘들어지는 상태인데, 무너지지 않으려는 통제적 불안도 강해져서 강박이 온 것.'

우울증도, 강박증도, 성격장애도, 조기 폐경의 문제도 아닌 평범한 사십대라면 있을 법한 일들의 총합이다. 아는 게 많아지고 경험이 많아질수록 이런 경우에 딱 잘라 명쾌하게 진단명을 붙이고, 내 지시만 따르라는 말을 하기가 힘들다. 나는 그날 차트에 '우울증 삽화'라고 진단명을 적는다. '우울증 삽화'라는 진단으로 항우울제를 처방받는 환자들이 많은

데 모두 비슷비슷하기는 해도 같은 케이스는 단 한 명도 없다. 단순하게 우울증, 강박증이라고 진단하기도, "구강기에 문제가 있어서 의존성 성격을 갖고 있네요"라고 프로이트적으로 진단하기도 어렵다(그렇게 단순하게 말할 수 있으면 얼마나 좋을까 생각하곤 한다). 그래서 나와 상담하는 사람들이 답답해할 때도 있다.

얼마 전에 어떤 환자가 내게 이렇게 물어보았다. 내게 진료를 받으면서 일주일에 한 번 정도 따로 심리상담사에게 심리상담을 받는 분이었다. "상담 선생님이 제가 항문기에 이상이 있었대요. 부모님이 모두 돌아가셨는데 제 두 살 때 일을 누구에게 물어보죠?" 상담을 시작한 지 몇 달 되지도 않았고, 주 1회 정도 간격으로 상담을 받는 사람의 강박적인 성향을 당당하게 '항문기에 고착된 성격'으로 진단한 것이다. 그 해석을 한 사람은 이 환자의 너무나 교과서적인 증상과 강박적 행동, 높은 긴장도를 보고 '이건 너무 쉬운데'라고 판단했을지 모른다. 하지만 내가 일 년 넘게 보아온 그분은 그렇게 간단한 케이스가 아니었다. 강박적인 측면이 분명히 있고, 실수에 대해 두려워하고, 대중교통 이용 중에 용변이 급할까봐 과하게 준비하고, 대인관계에 있어 완벽주의적 성향을 보인다는 점에서 이론적으로는 그렇게 볼 수 있다. 그러나 사실 이분은 실제로 '과민성 방광'으로 방광 근육의 민감도가 너무 높은 사람이라 그 부분에 대한 치료를 병행하면서 좋아진 상태였다. 무엇보다 주 1회 심리상담에서 환자 혹은 내담자에게 아주 초기에 정신분석적 측면에서 '발달 시기의 고착'에 대한 해석을 하는 것은 전혀 도움이 되지 않는다. 아주 나중에, 딱 필요한 시기에 조심스럽게 접근해야 할 부분이다. 누군지 차마 물어보지 못했지만 아마 정신분석이나 심리상담 공부를 시작한 지 얼마 안 돼 치료 경험이 많은 분은 아니지 싶었다.

마음속을 깊이 들여다보지 못한 채 진행되는 심리상담 프로그램에서도 명쾌한 판단을 하는 분들이 있다. 그분들의 명석하고 분명한 진단에 감탄할 때도 많다. 물론 녹화를 오래 하고 방송분은 아주 잘 정리가 된 것이겠지만, 사람의 마음이 저렇게 단순하지는 않은데 단번에 정리해주면 듣는 사람들로서는 좋겠다 싶었다. 그런데 그게 일반적으로 다 그럴 것이라는 기대로 이어져서는 곤란하다. 위험한 생각이다.

하지만 사람들은 확실한 것을 원한다. 세상이 그렇게 돌아가기를 바라고, 마음의 메커니즘도 '일 더하기 일은 이' 같은 공식대로 움직이기를 바란다.

진짜 세상이 어떻게 돌아가는지가 중요한 게 아니라, 분명하고 확실하게 기대대로 작동하는 세상을 보고 싶어 한다.

일기예보에서 비 올 확률이 60퍼센트라고 하면 그날은 우산을 들고 가야 할까? 사람들은 '그래서 들고 가, 말아?'에 대한 답을 원한다. 뇌는 단순하고 에너지가 덜 드는 것을 무조건 우선해서 선택하기에 '비가 올 것이니 우산을 꼭 들고 가라!'라는 말을 더 좋아한다. 비록 그날 비가 오지 않는다고 해도.

그래서 우리는 강한 신념을 갖고 살아가기를 바란다. 그러면 흔들리지 않고 망설이지 않을 수 있다. 그러다 보니, 세상에는 '내가 아는 것이 전부이고 세상은 그 범위 안에서 분명히 잘 돌아가고 있다'고 믿는 사람들이 늘어나고 있다. 그리고 그 신념을 아주 강력하고 단순하게 구조화해서 설명하는 사람에게 설득된다. 메시아적 파급력을 가진 정치인, 종교인을 보면 공통점이 있다. 어렵게 설명하는 대신 단순하고 쉽게 이야기하기에 반론 없이 그저 듣고만 있다 보면 쉽게 빠져들게 된다. 그래서 위험하다. 방송인 이경규 씨의 말이 뼈를 때린다.

잘 모르고 무식한 사람이 신념을 가지면

무섭습니다.

　　토요일 오후에 광화문과 시청 앞 광장을 지나다
보면 세칭 '태극기 부대'가 있고, 나를 찾아오는 분들
중에도 본인을 애국자라고 칭하는 사람이 있다. 진료
중에도 나를 설득하려고 애를 쓰신다. 단호하고 짧
게, 두괄식으로, 단도직입적으로 말한다. '일형식 문
장'이라 비집고 들어갈 여지조차 존재하지 않는다.
그래서 그저 듣고 웃으면서 돌려보낸다. 어찌 되었건
그분이 신념을 유지하는 한, 마음은 한 방향으로 흐
르고 있으니 불안하거나 망설이는 일은 없을 것이라
안심이 되니까(하지만 태극기를 흔드는 분들에게서
이해하기 어려운 것이 이스라엘 국기를 흔드는 행위이
다. 성조기까지는 한미동맹의 굳건함을 주장한다는 부
분에서 이해가 가기는 한다. 그분들 중 기독교를 열심
히 믿는 분들이 많은 것은 알지만 현재 이스라엘은 유
대교 국가이고 한국의 안보와 정치와는 거의 관련이
없는데 왜 이들은 태극기, 성조기와 함께 이스라엘 국
기를 흔들까).

　　한번 갖게 된 신념은 조금씩 어딘가로 이동하다
가 어느새 선을 넘어가버린다. 정신과에서는 '망상

(delusion)'이라고 부르고 이를 '흔들리지 않는 틀린 신념'이라 설명한다. 합리적이고 상식적인 차원에서 설득하려고 해도 쉽게 설득이 되지 않는다. 주변의 정보는 모두 그 신념 체계 안으로 빨려 들어가서 망상을 강화해주는 역할을 한다. 망상에 몰두하고 있는 사람의 마음은 평온하다. 자신의 믿음에 추호의 망설임이나 '아닐 수 있어'라는 생각이 없으니까.

그래서 홍위병, 히틀러유겐트와 같이 지식이나 삶의 경험이 일천한 십대들이 간단한 교육을 받고 그걸 믿으면서 신념화하면 위험한 행동을 스스럼없이 하게 된다. 십대뿐 아니라 누구나 그렇게 되기 쉽다. 내가 어떤 신념을 갖고 열정적으로 활동하면서 남에게 이를 전파하고 있고, 상대가 설득되지 않아서 속상한 적이 있다면 한번 돌이켜보았으면 한다. 내가 믿고 있는 생각들이 정말 진실일까? 의미가 있을까? 아니면 세상을 굴러가게 하는 진리일까?

우리의 뇌는 제한적이다. 그러니 최대한 간단하고 단순하게 보고 싶어 한다. 하지만 아쉽게도 세상은 우리의 상상 이상으로 복잡하다. 그래서 모든 것을 안다는 건 사실 불가능하다. 한 분야의 전문가가 된다는 것은 그 분야의 모든 것을 아는 사람이 된다는 의미가 아니다. 그 분야에서 할 수 있는 실수를 모두

해본 사람이며 동시에 자신의 분야와 다른 영역에서는 "이 부분은 내 분야가 아닙니다"라고 말할 수 있는 사람이 되는 것이다. 즉, 아직도 여전히 어렵고 모르는 게 많으며, 일어날 수 있는 거의 모든 것을 경험했음에도 여전히 통제하지 못할 일이 벌어지는 것을 인정하는 사람, 마지막으로 "이건 잘 모르겠는데요"라 말하기를 부끄러워하지 않는 사람이다.

텔레비전에서 종편 채널을 틀면 매일 오후부터 저녁 사이에 세상의 모든 일에 논평을 하는 세칭 시사 평론가들을 만난다. 이들은 매일매일 벌어지는 수많은 사건들을 단순하고 명료하게 설명한다. 변호사가, 특정 분야만 전공한 교수가 어떻게 그 많은 일들의 맥락을 파악해서 다 설명할 수 있을까?

그럼에도 불구하고 이들 말에 혹하게 된다. 그게 틀렸는지, 나중에 독이 될지는 현재의 내 마음에서는 중요하지 않다. 당장 확실한 길을 제시받기를, 단순한 도식을 누가 머릿속에 넣어주기를 바란다. 그러면 뇌는 그 길을 따라간다. 그게 지옥으로 가는 지름길이라 해도.

전문적 판단은 중립적인 스탠스를 가져야 가능하다. 많이 알게 될수록 신념은 흔들린다. 내 앞에서 벌어지는 현상을 쉽게 판단하지 못한다. 분명 이면에 다른 요소들이 작동하고 있고, 내가 알지 못하는 굉장히 많은 것들이 영향을 미칠 것이라고 느끼고 짐작하기 때문이다.

책 한 권만 읽은 사람이 가장 무섭다.
_토마스 아퀴나스

현대 사회가 겪고 있는 문제의 근본적인 원인은 똑똑한 사람들은 매사를 의심하지만 바보들은 지나치게 자신만만하다는 것이다.
_버트런드 러셀

무지가 지식보다 더 자주 확신을 안겨준다.
_찰스 다윈

한 구절로 안 될 때에는 이렇게 비슷한 구절 여럿을 되뇌야 한다. 그래야 후회의 급행열차에 오르지 않을 수 있다. 한번 타고 나면 그 선택을 옳다고 믿는 인지적 편향이 생기기에 되돌리기가 더욱 어려워진다. 중요한 선택일수록 혹시 내가 잘 모르는 일인데도 그릇된 신념의 씨앗을 열매로 키우고 있지는 않은지 고민하고 또 고민해야만 한다. 그리고 단순하고 명쾌하게 설명하는 사람의 말은 거르고 듣는 것이 좋다. 그야말로 위험 인물이다.

　　애매하고 불확실한 상태일 때 불안이 올라온다지만, 그렇다고 문제를 너무 단순하게 정리해버리지는 말자. 잘 모르겠으면 '그냥 그럴 수 있다'고 여기고 지켜보자. 일단 방향만 잡고, 최악의 상황이 벌어지지 않는지만 확인해본 뒤에 그 길로 가보면 된다. 애매한 것, 명료하지 않은 것을 안은 채 불안을 견디며 앞으로 나아가는 능력은 자아의 건강함과 폭을 판정하게 해준다. 그가 살아온 삶의 경험과 지혜의 깊이를 가늠하는 방법 중 하나다.

신념이 경험을 이기는 일

"내가 왜?"

난데없는 주례 부탁에 이 말이 무릎반사처럼 튀어나왔다. 내 제자도 아니고 논문을 쓰느라 몇 번 만난 다른 병원의 전공의였으니 말이다. 주변에 의견을 묻자 "아직 안 해봤어?", "그럼 해도 될 나이지" 따위의 대답이 돌아왔지만 막상 해본 사람은 한두 명에 그쳤다.

몇 번을 고사하다 이것도 인연이라는 생각에 수락하고 말았다. 부담이 폭풍처럼 밀려오고, '얼마나 본받을 만한 인생을 살았다고. 주례를 할 자격은 있나' 하며 지나온 나날을 돌아보는 고해의 시간이 따라왔다. 시간은 사정없이 흘러가고 결혼을 앞둔 커플보다 내 심장이 더 두근거리기 시작했다.

날을 잡아 두 사람과 저녁 식사를 했다. 만나보니 함께할 앞날을 바라보는 둘의 눈과 꼭 맞잡은 손에서 낙관이 느껴졌다. 두 사람이 살아오고 만난 과정을 들으면서 두 사람보다는 그 뒤에 서 있는 부모가 먼저 보였다. 나도 나이가 들었단 증거였다. 식장에 들어설 때까지 키워온 부모의 뒷바라지가 보통 일이 아니리란 것을 알기에 그것이 두 사람의 성취보다 더 크고 어려워 보였고 부러운 마음이 들었다.

이제 주례사를 써야 한다. 주례사는 2분 정도면

된다고 했지만 솔직히 책 한 권 쓰는 것보다 부담스러웠다. 그동안 십여 권의 단행본을 쓴 구력이 있지만 주례사는 처음인 데다가, 긴 말보다 짧고 임팩트 있는 말이 훨씬 더 어려운 법이다. 나는 막막해졌다.

몇 날 며칠 주례사를 고민하다 보니 힘든 와중에 두 사람이 손을 꼭 잡고 서로를 바라보는 모습이 떠올라 '얼마나 오래 갈까 보자'라는 냉소적인 마음도 올라왔다. 나 자신도 30년 가까이 한 사람과 같은 집에서 살고 있지만 그건 서로를 바라보고 있는 덕분이 아니라, 서로 같은 곳을 바라보고 있고, 그만큼 서로를 보는 시간은 줄어들어 있다는 것을 둘 다 알고 있는 덕분이다. 그러니 '좋을 때지, 하지만 곧 현실이 너희를 찾아올 거야'라는 말을 혼자 마음속으로 중얼거렸다.

눈에 콩깍지가 씌어서 저 사람이 아니면 안 된다고 느껴지는 뜨거운 감정은 그리 오래 지속되지 않는다. 또 그 뜨거움이 가라앉는 과정에 두 사람 사이에도 시차가 있다. 그래서 영화 〈봄날은 간다〉에서 연인에게 거리를 두며 다짜고자 헤어지자고 말하는 은수에게 덩치 큰 상우가 "어떻게 사랑이 변하니"라고 눈물을 흘리며 아이같이 매달린 것이다. 그런데

실은 사랑은 변하는 것이다. 아니, 사랑은 단계에 따라 변해야 하고 그걸 서로 수용할 수 있을 때 어른끼리의 배타적 파트너십이 성립하며 관계가 오래 지속될 수 있다고 나는 믿는다.

처음에 사랑에 빠졌을 때에는 보고 싶은 것만 보이고 모든 것이 아름다우며 그 사람과 하나가 된 것 같은 착각도 든다. 그건 그 사람이 정말 그래서가 아니다. 실은 '내가 사랑을 하게 된다면 보고 싶은 이상적인 이미지'를 그 사람에게 투사하는 것이다. 실제로 존재하는 사람이 아니라, 이상적 이미지가 투사된 어떤 비현실적 존재가 눈앞에 나타나서 움직이니, 눈을 감아도 생생하고, 헤어져서 집에 와도 마치 같이 있는 것처럼 느껴지고, 함께 있을 때에는 꿈이 실현된 것처럼 충만하다. 그러나 그 시간은 오래 가지 않는다. 그래서도 안 된다. 현실과 심리가 왜곡된 부분을 바로잡아야 관계도 왜곡되지 않고 안정적으로 지속될 수 있다.

많은 커플이 자리를 잡지 못하고 헤어진다. 그럴 가능성이 있기에 사람들은 결혼이라는 배타적 계약관계로 서로를 잡아두려고 하는 것 같다. 어느덧 안정적 관계가 만들어지고 나면 이제는 서로만을 바라보며 상대 안에서 자신이 보고 싶던 것을 얻으려고 하는 데서 벗어나, 동반자적 관계 안에서 미래를 함께 바라보는 시점의 전환을 경험하게 된다. 현실의 삶이 앞에 놓인다. 그러나 둘이 함께라면 그래도 잘 해나갈 것이라는 희망이 있기에 그 앞에 놓여 있을 수 많은 삶의 가시덤불을 헤치고 갈 용기가 생긴다. 그래서 마크 트웨인은 말했다.

결혼은 신념이 경험을 이기는 경우다.

'이건 내 선택이고 잘 될 것이다'라는 신념이 있어야만 귀동냥을 통한 타인의 부정적 경험, 여러 번의 헤어짐이라는 실제 경험에서 비롯되는 두려움을 이길 수 있다. 잘 지내리라는 기대와 바람, 또한 숙고 끝에 내린 선택이니 옳을 것이라는 자기 확신, 동반자에 대한 애착은 낙관적 희망이 된다. 이 희망은 완결 시기가 존재하지 않는다. 오래 지속될 것 같지만 동시에 유효기간이 매일매일 갱신되는 일이기도 하다. 그런 면에서 좋은 결혼 관계를 지속하기 위해서는 어떤 마음을 가지는 게 좋을지 고민해보았고, 그 내용을 주례사에 담았다. 주례사를 직접 듣는 느낌을 전달하기 위해 구어체로 쓴 내용을 그대로 옮겨본다.

첫째, 무엇보다 서로에게 친절하자는 것입니다. 사람과 사람으로서, 독립적 인격체로 서로를 바라보세요. 아무리 힘들고 지쳐 있을 때가 되어도 놓치지 않아야 할 것은 친절입니다. 친절은 대가를 치르면서도 타인을 도우려는 성향입니다. 친절한 행위의 밑바탕은 공감입니다. 그런데 아무리 착한 사람이라도 지치고 힘들면 그러기 힘들 수 있습니다. 이제 가장 가까이 지내면서 많은 시간을 함께 보내는 사람은 배우자입니다. 각자 일을 하면서 지치고 힘들고 짜증이 나는 순간에 집으로 돌아옵니다. 이때 내 감정을 상대를 향해 퍼부을 수 있습니다. 사람이기 때문입니다. 이때 사랑하는 사람에게 최선을 다해야 한다는 말은 사치스러울 수 있습니다. 너무 힘드니까요. 그저 '친절해야 한다'는 생각 정도면 족합니다. 그 정도는 할 수 있습니다. 그러면 두 사람의 관계에서 불필요한 감정의 소모와 갈등을 만들지 않을 것입니다.

둘째, 서로를 바라보되 적절히 외면하십시오. 주례사에서 제일 많이 나오는 속담이 "결혼 전에는 두 눈을 부릅뜨고 서로를 바라보지만 결혼을 하고 난 다음에는 한 눈을 감으라"는 것입니다. 이제 내 아내, 내 남편은 제일 중요한 내 편입니다. 내 편의 작은 허물, 결점, 실수까지 고치고 지적해서 더 완벽한 사람이 되게 만들려는 욕심보다, 한 눈을 감고 '지금 이 정도로도 충분히 좋고, 괜찮다'라는 생각을 하는 게 좋습니다. 제일 끝까지 남을 '내 편'을 지키는 길입니다. 알고도 모른 척, 보이지만 안 보이는 척하면서 지적하고 싶은 마음을 꾹 참는 것이 필요합니다. 실제로 결혼 관련 심리학자 존 가트맨이 부부 생활을 오랫동안 영위한 커플과 그렇지 않은 커플 총 3천 쌍을 비디오로 분석하고 갈등을 해결하는 방법에 대해서 알아본 적이 있습니다. 그 많은 커플이 고민하는 문제의 70퍼센트는 실은 해결 불가능한 문제였습니다. 관계에 어려움이 있는 커플은 이 문제를 해결하겠다고 매달리고, 오래 지속하는 커플은 해결 불가능성을 인정하고 받아들이고 피할 방법을 찾았습니다. 즉, 원인을 파헤치기보다는 받아들일 것은 적절히 받아들이고, 그게 아닌 부분은 외면하고 거리를 둔 채 해결할 수 있는 대처 방안을 각자 찾는 것이 현실적 태도입니다.

셋째, 운의 영역을 인정하는 것입니다. 두 사람이 이 자리에 함께 서 있을 것이라고 3년 전 오늘에도 예측했을까요? 전혀 아닐 겁니다. 우리는 인생이 계획대로 이어지기를 원합니다. 그렇지만 그건 어려운 일입니다. 세상에는 운의 영역이 있다는 것을 인정할 때 숨통이 트이고, 서로와의 만남을 감사하며, 앞으로 일어날 조금 아쉬운 상황도 견디고 넘어갈 수 있습니다. '행복'을 의미하는 단어 'happy'와 '우연히 일어나다'라는 의미의 'happen'은 같은 어근에서 비롯되었습니다. 그렇듯 행복은 우연을 통해 일어납니다. 우연히 좋은 일이 일어나 행복하기도 하지만 나쁜 일이 생기지 않는 것도 행복입니다. '다행'이란 바로 그것입니다. 불운이 없는 것도 행운이 있는 것만큼 좋은 일입니다. 그걸 인정할 때 계획대로 되지 않았을 때의 실망, 불행하게 느껴지는 일이 생겼을 때의 좌절을 견뎌내고 서로를 원망하지 않을 수 있습니다. 오늘은 살짝 운이 없었지만 내일은 괜찮아질 것이고, 행복은 내 마음대로 되는 게 아니라는 겸손하고 관대한 마음. 이것을 함께 갖는 것만큼 부부에게 필요한 것은 없다고 생각합니다.

이렇게 서로에게 친절할 것, 살짝 거리를 두고 외면해볼 것, 우연과 운을 믿을 것, 이 세 가지 이야기를 두 사람이 갖고 살아가면 좋겠습니다. 그렇게 20여 년이 지나 두 사람이 차 한잔 하면서 오늘을 돌이켜보며 '아, 그날 참 좋았지'라는 말을 하실 수 있기를 바랍니다.

드비어스라는 회사가 "다이아몬드여 영원히"라는 역사적인 캠페인을 통해 다이아몬드를 결혼 예물로 자리잡게 한 것은 사랑이 영원하기를 바라는 모든 이의 마음을 잘 담고 있기 때문이다. 원래 상류층의 약혼 예물이었던 다이아몬드이지만, 이 카피 덕에 어느덧 미국인의 90퍼센트가 드비어스를 알게 됐고 지금까지도 드비어스를 상징하는 문구로 남았다. 재미있는 사실은, 이 문구를 만든 카피라이터 프랜시스 게레티가 평생 결혼하지 않았다는 것이다. 영원하리라 믿고 또 영원하길 바라며 결혼을 하지만, 한국의 통계를 보면 일 년에 이십만 쌍이 결혼하고 십만 쌍이 이혼을 해 남남이 되고 있다. 영원하기란 그만큼 어렵다는 게 아닐까?

결혼 경험으로는 누구에게도 뒤지지 않는 배우 엘리자베스 테일러(1950년부터 1991년까지 여덟 번 결혼했다)는 재혼을 이렇게 설명했다. "희망이 경험을 이긴 경우"라고.

　이혼이라는 경험이 그렇게 아팠더라도 시간이 지나면 무뎌지고, 희망은 매번 새로운 결심을 하게 돕는다. 다만 희망의 유효기간은 그리 길지 않고, 희망이 클수록 그만큼 강한 실망이라는 후폭풍을 불러일으킨다는 것이 문제다. 그러니 뭔가 결심할 때 이 관계가 영원하기를 바라지는 말자. 서로 같은 곳을 바라보고 그동안은 함께 가는 동반자로 많은 시간을 같이 보내고 의지하면서 지내겠지만, 또 바라보는 곳이 달라지게 된다면, 가고자 하는 방향이 각자 다를 수밖에 없는 시점이 온다면, 그때는 놓아주고 각자의 길을 갈 수도 있을 것이라고 생각하고 시작해보자. 그게 인생의 실패를 의미하는 것은 아니다. 함께 해올 만큼 해왔다면 인생의 다음 단계에는 또 다른 선택이 기다리고 있다. 이런 마음을 먹으면 결혼이나 가족을 이루는 것에 대한 부담이 한결 가벼워지리라 믿는다.

마늘과 조약돌

내 장점이 무엇인지 곰곰 생각해본 적이 있다. 시작하기 전에는 오래 망설이는 편이지만 일단 한번 시작하면 잘 질리지 않고 꾸준히 오래 하는 것, 그게 내 장점이 아닐까 싶다. 남이 그만두라고 하기 전까지는 먼저 끝을 낸 적이 거의 없다. 칼럼 연재 같은 일을 맡은 경우도 그렇지만 병원이나 학회에서 일을 맡았을 때도 마찬가지다.

최근까지 지속했던 것 중 하나가 오디오 콘텐츠를 만들어 올리는 것이었다. 2019년부터 시작해 거의 5년을 했다. 처음에는 주 3회로 시작해서 중간에는 주 5회도 하다가 마지막 일 년은 주 1회로 줄였지만 꾸준히 유지했다. 그런데 막판의 어느 날 갑자기 벽에 부딪힌 듯이 답답한 기분이 헉 하고 엄습했다. 대단한 일이 있었던 것도 아니고, 누가 뭐라고 한 것도 아니었다. 그냥 불현듯 '아, 이제 그만해야겠다'는 마음이 들었다. 내게는 낯선 감정과 판단이었다. 그냥 그래야겠다는 생각이 들었고, 그때부터 급격히 의욕이 떨어졌다. 그게 2024년 5월의 일이다. 달력을 보니 2024년 8월 말까지 하면 딱 5년을 채우는 셈이라 그때까진 이어가볼까 했는데 한 주 지날 때마다 마구마구 하기 싫어졌다. 결국 담당자에게 6월 말까지만 하겠다고 통보해버렸다. 결정을 내리고 나니 후련했다. 지금은 몇 년 만에 주간 연재에서 벗어난 자유로움을 즐기는 중이다.

왜 그런 결정을 하게 되었을까? 담당자가 내게 무리한 요구를 하거나, 악성 댓글이 달려서 괴롭다거나 한 건 아니었다. 내 콘텐츠를 듣는 것이 큰 도움이 된다는 구독자들의 댓글은 내게도 보람을 주었다. 주 1회 업로드니 품이 아주 많이 드는 것도 아니었다. 지금 돌이켜보면, 이 일 자체가 아닌 여러 가지 자잘한 일들이 나를 압박하고 있었던 것 같다.

먼저 그로부터 석 달쯤 전부터 시작된 의대 증원 관련 전공의 사직 사태로 진료와 업무량이 늘면서 심리적 부담이 커진 것을 꼽을 수 있다. 또 단행본을 쓰는 일에만 주력하고 싶기도 했다. 그렇지만 콕 짚어서 그 때문만도 아닌 듯하다. 그때를 전후로 잇몸이 많이 부어서 잘 씹지 못하는 일이 있었고, 입원시킨 환자의 증상이 좀처럼 좋아지지 않아서 혼자 끙끙대기도 했고, 또 밤마다 병동에서 걸려오는 전화를 받느라 잠을 잘 자지 못한 일들이 쌓인 것도 한몫했을 거다. 이가 아파 한쪽으로만 조심스럽게 씹는데 와중에 치과 원장은 임플란트를 해야 한다고 하지, 환자에 대한 근심이 깊은 와중에 전날 잘 자지도 못했지, 멍한 상태로 출근해 오디오 콘텐츠 원고를 준비하려는 순간 '아, 이제 그만해야겠다'는 결심을 하게 된 듯하다.

직장을 그만두고 우울과 불안으로 나를 찾아온 김 대리의 상황도 비슷했다. 업무가 과중했지만 자신이 해야 할 일이라고 생각했고 책임감이 강한 성격이라 무던히 버텨내고 있었다. 동료들이 하나둘 그만두는데 충원은 되지 않아서 일이 거의 배로 늘었다. 그래도 온전히 짊어지고 있었는데, 그러다 사표를 내게 된 이유는 이렇다.

어느 날 출근길, 마을버스가 운행을 멈춰서 집에서 20분을 걸어서 전철역까지 갔다. 그날 저녁 야근을 하면서 음식을 배달시켰는데 식당의 실수로 다른 메뉴가 왔다. 주문한 만두와 우동 대신 낙지볶음밥이 와버렸다. 무척 배가 고팠지만 매운 것을 싫어하는 그에게는 도저히 먹을 수 있는 음식이 아니었다. 눈물이 핑 돌면서 '이건 아니다' 싶었다.

불세출의 복싱 스타 무하마드 알리가 말했다.

당신을 지치게 하는 것은 올라야 할 산이 아니다. 신발 속의 조약돌이다.

나와 김 대리를 지치게 한 것은 올라야 할 산이
아니라 신발 속에 슬쩍 들어온 조약돌이었고, 그게
발을 자꾸 찌르자 어느 순간 '와 정말 힘들다'라는 생
각이 머릿속을 장악해버렸다.

　　알리도 비슷한 심정이 아니었을까? 챔피언벨트
가 걸린 시합을 앞두고 죽도록 훈련을 하고, 계체량
통과를 위해 먹고 싶은 것도 잘 못 먹고 있다. 온 세계
사람들이 그의 시합을 기대하고 있으며 수백만 달러
의 파이트 머니도 걸려 있다. 지친 상태로 집에 돌아
왔다. 가족들은 자잘한 개인적 이득을 위해 다투고,
매니저는 잡지 인터뷰를 하자고 하고, 하루만 빼서
광고를 찍자고 한다. 이때 좋아하는 음료를 마시려고
냉장고 문을 열었는데 누가 다 마셔버려서 똑 떨어졌
다면? 아마 화가 치밀어오르거나, 확 지치는 마음이
들었을 것이다.

　　우리가 힘이 쫙 빠지는 순간은 인생의 큰 목표
를 향해 나아가다가 벽에 부딪히는 순간보다는 일상
의 스트레스가 목구멍까지 차올랐다고 느낄 때다. 그
순간은 보이지 않는다. 어둠 속을 걷다 불현듯 벽에
코가 부딪힐 때의 황망함과 같다. 남들이 볼 때도 그
렇지만 스스로 보기에도 마지막에 얹어진 하나의 작
은 사건만 보일 뿐이다. '겨우 이거에?'라는 의아함

이 들 만하다. 코끼리가 걸어가다가 픽 하고 쓰러졌다. 코끼리 등에 우연히 앉았던 새가 그 모습을 보고 "와, 내가 코끼리를 쓰러트렸다!" 하고 환호한다. 말도 안 되는 이야기 같지만, 실은 가능한 일이다. 정말 지치고 지쳐서 걸어가던 코끼리에게 새 한 마리가 잠깐 앉은 것이 결정적 한 방이 될 수 있으니까.

문제는 밖에서 바라보는 사람은 이해하기 어렵다는 것이다. 사람들은 회사에서 조용히 잘 지내던 사람이 이전과 180도 다른 태도로 갑자기 화를 내거나 그만두겠다고 하는 것을 이해하기 어렵다. "도대체 왜 그러는 거야?"

겉으로 잘 드러내지 않고 혼자 묵묵히 자기 일을 하는 사람과 그 주변은 겉보기에는 나름의 평형을 이루고 있는 상태다. 그러나 실상은 한쪽으로 기울어진 운동장일 때가 많다. 버티던 누군가가 갑자기 이 판에서 빠지겠다고 선언하면 다른 쪽은 당황스러워진다. 지금까지 편하게 이득을 누렸던 상황이 이제 바뀌어야 한다는 걸 받아들이기 어렵고, 무엇보다 바로 이해하기 어렵기 때문이다. 더 정확하게는 '이해하고 싶지 않다'. 그냥 그대로 지내고 싶으니까. 그런 마음에 그를 비난하기도 하고 설득도 하지만 한번 돌아선 마음을 되돌리기란 무척 어렵다.

살아갈수록 실감하는 것이, 눈앞의 큰 목표보다 일상의 거슬림이 사람을 지치게 하는 때가 더 많다는 것이다. 시험에 합격하거나 어렵게 시작한 사업을 성공시키는 일, 오래 준비한 작품으로 좋은 반응을 얻는 일은 시간과 노력을 필요로 하는 큰 목표다. 짧게는 몇 달에서 길게는 몇 년, 어떤 목표는 인생을 거는 일일 수도 있다. 이런 목표를 갖고 있다는 것은 자신도 알고 남들도 안다. 갈 길이 멀고 해야 할 것도 많다. 나뭇잎보다는 숲을 보고 나아간다. 그 과정에서 발생하는 자잘한 일들은 부수적인 것으로 봐도 되고, 일상에 생기는 변수들은 큰 영향이 없다면 무시해도 된다고 여긴다. 흩어질 뻔한 그 힘들을 모아서 앞으로 나아가 조금이라도 빨리 더 나은 결과를 달성하면 나머지 미진함은 보상이 된다고 생각한다. 게다가 과정이 힘들긴 하지만 관성이 한번 붙으면 그래도 견딜 만하다. 결실로 인해 얻을 기쁨이 내가 들인 노력의 고통을 일거에 상쇄해버릴 정도로 클 것이라 기대하게 되니까. 그래서 신발 안의 조약돌을 무시하고 앞으로 나아간다.

그러다 한 발짝 내디딜 때마다 발바닥에 느껴지는 통증이 점점 성가시고 불편해진다. 죽도록 아픈 통증은 아니니 무시하고 앞으로 나아가지만 걸을 때마다 움찔하게 된다. 그런데 사람들은 내가 왜 얼굴을 찌푸리는지 모른다.

여기서 신발 안의 조약돌을 나만 힘들고, 남들은 모르는 고통이라는 측면에서 살펴볼 필요가 있다. 정신건강의학과에서 성격에 문제가 있는 '성격 장애'와, 우울증이나 불안장애를 고전적으로 일컫는 세칭 '신경증'을 구별하는 방법을 설명할 때 바로 이 비유를 이용한다.

성격은 한 사람이 평소 살아가는 방법이다. 그러니 일단은 그 방식대로 살아가는 것이 편하다. 힘든 것은 가족을 포함한 주변 사람들이다. 예를 들어 편집증적 성격이라면 부인의 일거수일투족을 확인하고 휴대폰을 검사해야 직성이 풀린다. 그는 그게 당연한 일이라고 여기고 합리화한다. 당하는 가족이 힘들 뿐이다. 이런 사람의 상황을 '입안의 마늘(garlic in the mouth)'이라고 비유한다. 마늘을 씹는 사람은 자기가 마늘 냄새를 얼마나 풍기는지 모른다.

그에 반해 우울이나 불안으로 고통을 받는 사람은 남들이 보기에는 멀쩡해도 언제나 마음이 불편하고 하루하루가 괴롭다. 예를 들어 어머니와의 관계가 잘못 형성된 경우, 어머니에게 애정을 갈구하며 비난하는 한편 사랑하는 사람에게 지나친 애정 욕구를 보인다. 그로 인해 친밀하고 깊고 안정적인 관계를 맺지 못한다. 이런 속사정을 남들은 전혀 모르지만 자기 자신은 이로 인한 고통으로 절뚝이며 살아간다. 그래서 이런 신경증적 상황을 '신발 안의 조약돌(pebble in the shoes)'이라 비유한다.

잔잔한 괴로움들은 무의식의 콤플렉스에서 비롯되기도 하지만 일상에서 오는 스트레스 때문이기도 하다. 남에게 이야기할 만한 것이 못 될 때도 많다. 김 대리 경우처럼 집에서 전철역까지 가는 마을버스 운행이 멈춘 일이나, 배가 고파 죽겠는데 먹지도 못하는 낙지볶음밥이 잘못 배달돼 온 일처럼.

그러면 잠시 멈춰 서서 신발을 벗고 탁탁 털어 돌을 빼내면 되지 않냐고 말할 수 있다. 그런데 살아가다 보면 그게 그리 쉽지 않은 일이라는 걸 알 수 있다. 일단 멈추기가 어렵다. 바로 앞과 뒤에 경쟁자가 있다면 그냥 묵묵히 참고 나아가는 수밖에 없다. 지금 그 자리에 멈춰서 배낭을 내려놓고 신발끈을 하나하나 풀어 돌을 찾아 탁탁 터는 중에 그들이 쫓아와서 확 지나치거나, 겨우 간격을 좁혀놨던 앞사람이 쫓아가기 어려울 만큼 멀리 거리를 벌릴지 모른다. 그 불안은 가던 발걸음을 멈추지 못하게 한다.

남과 비교하고 경쟁하는 마음과 조금이라도 더 빨리 가야만 한다는 조바심을 내려놓는 것이 필요하다. 뭔가 발바닥을 찌르는 것 같다면 잠시 멈추고 신발을 벗어 돌을 털어내야 한다. 그런 김에 숨을 돌리고 물병을 꺼내 물도 한 모금 마시면서 바람을 쐰다. 길을 가다가 다시 돌이 튀어 신발 안에 들어온다면, '또 들어왔구나' 하면서 돌을 꺼내자. 대신 이번에는 신발끈을 단단히 동여매보자. 그러면 된다. 산을 오르는 과정에는 언제든 일어날 수 있는 일이다. 신발에 돌이 들어왔다고 해서 그게 등반이라는 큰 목적을 포기하고 그만두라는 신호는 아니다. 대단하거나 치명적인 일이 아닌, 생길 만한 일이 생겼을 뿐이다. 아무 일 없을 때보다야 더 지치기는 하겠지만 무릎이 탁 꺾이면서 '아, 못 하겠다' 하고 포기 선언을 해버릴 만한 일은 아니다.

자 이제, 신발 속의 조약돌도 빼냈고, 다시 일어서서 산 정상을 향해 걸어가는데, 역시 힘에 부치고 해는 서산으로 넘어가는 늦은 오후가 됐을 수도 있다. 이럴 때에는 거기서 멈추고 돌아오는 것이 낫다. 컨디션을 조절하고 자잘한 일상의 불편을 제거해도 여전히 힘들고 지쳐서 목표한 곳까지 가지 못할 것 같다면 포기하는 것도 부끄러운 일이 아니다. '애썼지

만 여기까지구나' 한마디면 족하다. 이제는 다치지
않고 잘 내려오는 것에 집중하자. 부상의 70퍼센트는
하산 과정에 생긴다.

좋아하는 일이면 오래 해

나는 정신과 의사로 진료를 하고, 병원과 학교에서 전공의와 학생을 교육하며, 연구하고 논문을 쓴다. 그리고 한편으로 글을 쓰고 책을 내고 있다. 이중 가장 힘을 쏟는 일이 뭘까 고민해보았다. 시간과 에너지가 가장 많이 드는 일은 아무래도 진료다. 교육과 연구는 다른 교수들보다는 덜하지 않나 싶다. 남는 시간에 글을 쓰는데, 솔직히 글을 쓰기 위해서 궁리하고 자료를 찾고 노트북을 꺼내 키보드 두드리는 시간이 가장 즐겁다. 물론 차도가 더디던 환자가 좋아져서 감사 인사를 들을 때도 희열을 느끼고, 좋은 저널에 논문이 실리거나 전공의와 학생들이 성장하는 모습을 볼 때도 행복하다. 그럼에도 이것저것 고려하지 않고 나만 생각했을 때 내게 가장 즐거운 일은 아무래도 글쓰기이다.

책을 사지는 않지만 누구나 책 한 권은 내는 시대다. 한편으로 책을 한 권 내기는 쉬워졌으나 꾸준히 책을 내는 사람은 또 그만큼 흔치 않은 것이 현실이다. 내가 지난 20년 동안 스무 권이 넘는 책을, 아주 잘 팔리는 것이 아닌데도 쉬지 않고 낼 수 있었던 것은 당연히 책을 사주는 고마운 독자들이 있기 때문이지만, 내가 정말 좋아하는 일인 덕도 크다.

처음에 내가 책을 쓰기 시작했을 땐 주변에서

"그거 연구 업적에 들어가나?", "돈 많이 벌겠다"(인세가 얼마 정도 들어오는지 잘 아는 사람이), "시간이 많나 보네" 하는 말을 듣곤 했다. 10년이 지나도 꾸준히 다양한 분야의 책을 쓰니 몇 년 전부터는 "또 내?", "와 대단하다", "비결이 뭐야?" 같은 말을 듣게 됐다.

가끔 정신과 의사들 모임 같은 곳에서 '독서와 책 쓰는 경험'을 공유해달라는 요청을 받아서 짧은 강연을 할 때가 있다. 그러면 나는 한 시간 남짓의 강의에서 독서와 정리, 그리고 책 쓰기의 선순환 구조가 어떻게 만들어져서 톱니바퀴같이 움직이는지, 마치 조선소에서 건조할 배를 수주하듯이 대략 2년 치 정도의 글감이 선발주가 되어 있는 지금의 파이프라인 시스템을 소개한다. 나는 글을 쓸 때에는 기획안을 만들고 (지금 이 책을 쓸 때처럼) 엑셀에 표를 만들어 공정표대로 차곡차곡 나아간다. 미식축구에서 10야드씩 퍼스트다운을 하면서 엔드라인까지 한 발 한 발 가듯. 강의가 끝난 후 그들의 반응을 보니 약간 질린다는 표정이다. 10년 넘게 해오는 일이라 내게는 무심한 이야기지만(이 강의도 살을 보태 『정신과 의사의 서재』라는 책이 되었다. 뭐 하나 허투루 버리는 게 없는 삶이다).

내가 이런 시스템을 만들 수 있었던 건 앞서 말

했듯 이 일을 무척 좋아하기 때문이다. 누가 시켜서 하는 것도 아니고, 내게 경제적으로 큰 보상이 되는 것도 아니고, 아쉽지만 종합 베스트셀러 상위권에 오르는 뿌듯한 순간을 경험하지도 못했다. 그런데도 꾸준히 이 일을 하는 이유는 그냥 좋아해서다. 오래 하다 보니 이제는 구력이 생겨 덜 지치고, 길이 보인다(나처럼 20년 동안 꾸준하게 글을 쓴 정신과 의사는 내가 아는 한 없고, 다른 분야 저자 중에도 흔치 않다). 의사이자 교육자이지만, 어느덧 저자라는 직함이 어엿한 세 번째 정체성이 되었다고 할 만하다.

그래도 기대한 만큼의 반응이 오지 않을 때에는 힘이 빠지고 다음 프로젝트를 시작할 힘도 나지 않는다. 그런 어떤 날, 퇴근하면서 평소대로 라디오 주파수를 91.9에 맞추고 〈배철수의 음악 캠프〉 시그널 송을 들었다. 배철수 아저씨(어느덧 70세가 되었다는 걸 믿을 수가 없다)의 약간의 탁성에 칼칼하지만 부드러운 목소리를 기대하고 있었는데 그날은 낯설지만 어디선가 들어본 목소리가 나왔다. 배철수 아저씨보다 10센티미터는 붕 뜬 가벼운 목소리와 빠른 말투인데 처음 듣는 목소리는 아니다. 김태훈이었다. 배철수 아저씨가 휴가를 가면 스페셜 디제이들이 출연하는데 그가 오늘 진행자였던 것이다. 둘이 엮이니 내가 좋아하는 일화가 떠올랐다.

김태훈은 팝칼럼니스트이면서 저자, 문화평론가, 디제이 등 다방면에서 활약하는 능력자다. 문제는 딱 한 가지 확실한 게 없다는 것. 그래서 고민도 많았다고 한다. 그 고민을 친한 선배인 배철수에게 털어놓았다. 이때 그가 들은 말이 있다.

좋아하는 일이면 오래 해. 오래 하면 너 욕하던 놈들은 다 사라지고 너만 남아.

배철수 본인도 같은 과정을 거쳤다. 송골매의 전성기가 끝날 때쯤 우연히 라디오 디제이 제안을 받았다. 내부에서는 그의 목소리가 라디오에 어울리지 않는다는 비판이 있었다. 유열, 이종환, 이문세처럼 부드럽고 따뜻한 전형적인 디제이의 톤이 아니었으니까. 본인도 그리 오래 할 것이라 기대하지 않고 시작했다. 하지만 하다 보니 생각보다 적성에 맞았고, 어느덧 30년 넘게 매일 저녁 6시마다 〈배철수의 음악 캠프〉 마이크 앞에 앉아서 "시작합니다"를 외치게 되었다. 아무리 인기가 있다고 해도 좋아하는 일이 아니라면 30년 넘도록 같은 시간에 같은 자리를 지킬 수 있었을까? 돈을 아무리 많이 준다고 해도, 명예가 있다고 해도 쉽지 않은 일일 것이다. 좋아하는 일이니 오래 할 수 있었고, 위기를 넘길 수 있었다. 돌아보니 "넌 디제이에 어울리지 않는 사람이야"라고 비판하던 사람들은 어느새 사라져버렸다.

무엇이든 시작해서 자리를 잡기까지의 과정에서 많은 고비를 만난다. 그럴 땐 그만두고 싶기도, 돌아가고 싶기도 하고, 내가 왜 시작했나 후회가 되기도 한다. 그 고비를 넘게 해주는 것은 '좋아함'이다. 만일 싫은 일을 하는 거라면 감정이 먼저 반응한다. 감정은 이성보다 빠르고 강력하게 판단과 행동의 방향을 정한다. 그러고 나서 그 이유를 찾는 게 이성의 몫이다. 싫은 일을 억지로 할 땐 힘이 더 들고, 중간에 고비를 만나면 머릿속에 '하지 않아야 할 이유'가 파친코 머신에서 동전 떨어지듯 우수수 쏟아져 나오고 도리어 기뻐진다. 그에 반해 힘들고, 수시로 벽에 부딪히고, 오래 한 것에 비해 보상도 보잘것없어 지치기만 하지만 그래도 좋아하는 일이라면 호기심이 앞선다. 열린 마음으로 눈과 귀를 열고 다음 단계를 모색하고 시도할 생각에 바빠진다. 좋아하는 것이니 이 과정이 혹사로, 또는 되지 않을 일에 괜히 힘쓰는 것으로 느껴지기보다는 축적과 수련의 시간으로 받아들여지기까지 한다. 냉소적으로 거리를 두기보다 괜히 '1만 시간의 법칙' 구간이라고 고개를 끄덕이기도 하고, 『드래곤볼』의 '정신과 시간의 방'에 들어와서 수련 중이라고 설정하기도 한다. 그러면 견딜 만해진다. 무엇보다, 결과보다 과정이 더 중요하다고 여기는 마음은 지금의 정체감과 좌절을 어루만져준다. 그게 지금까지 나를 버티게 해준 힘인 것 같다.

　　물론 내가 지금 시간과 에너지를 오래 쏟아넣은 이 일이 최선의 선택인지 고민되는 시점이 올 수 있다. 그때 가장 먼저 고려할 것은 최악의 선택을 하지 않는 것이다. 마음이 급하면 앞뒤 재지 않고 서두르다 최악의 선택을 하게 된다. 그런 선택을 하면 인생이 수렁에 빠진다. 그다음 나쁜 건 단 하나의 결점도 없는 최선을 찾다가 앞으로 나아가지 못한 채 머무르는 것이다. 출발점에서는 최선을 알 수 없다. 일단 걸음을 내딛고 어느 정도 지난 다음, 어쩌면 거의 목표점에 다다른 다음에야 비로소 "아, 그게 최선이었구나" 하고 고개를 끄덕일 수 있을지 모른다. 실은 그게 현실적 최선이다. 그러니 자신을 수렁에 빠트릴 만한 일이 아니라면 차선이나 차악 중에서 마음 가는 것을 선택하는 게 좋다. 그게 좋아하는 일이고, 그 감정이 나를 계속 나아가게 한다. 그 시점에서 그 일에 대한 인기, 평가, 보상보다 더 중요한 것은 지속가능성이다. 그 영역의 특성과 거시적 유행에 따라 내 힘으로는 어쩔 수 없는 일이 벌어지기도 하지만 그런 큰 파도가 덮쳐 온다 해도 오래 버틸 수 있는 힘, 즉 '좋아하는 일'이라는 마음이 있다면 해낼 수 있다. 그렇게 버티다 보면 능력치가 어느 경지 이상으로 쌓이게 되고, 시간이라는 협곡을 지나면 경쟁자도 정리가 된다. 그러다 보면 어느덧 그 영역에서 오래 남아서 먹고살 수 있는 존재가 된다. 비록 그게 큰 영광은 아닐지 모르지만.

선택의 기로에 있을 때 이걸 좋아하는지, 혹은 좋아할 만한 것인지 깊이 생각해보라고 권하고 싶다. 그런 면에서 몇 달 정도 해보고 그게 좋아할 만한 일인지 판단해보는 것도 좋다. 바닷물은 한 잔만 마셔봐도 바닷물인지 금방 알 수 있는 것처럼 여기에 몇 년씩 필요하지는 않다. 다만 하다 보면 좋아지는 일도 있고, 처음에는 엄청 좋았는데 시간이 지나면서 실망하게 되는 일도 있을 것이다. 하지만 가슴이 두근거릴 정도까지는 아니라도 일단 좋은 느낌을 준다면 꽤 오래 해나갈 수 있다. 신기한 건 썩 좋아하는 줄 몰랐던 일이 하다 보면 좋아지는 경우도 왕왕 있다는 것.

편안한 어른이 되는 법

내가 근무하는 병원 지하 2층에는 직원 식당이 있다. 이곳의 한 블록은 '교수석'이라고 지정되어 있고 여덟 개 정도의 4인용 테이블이 있다. 특권 의식이라고 비난하지 말았으면 하는데, 대부분 혼자 식사하러 오니까 교수들끼리 같이 앉아서 먹으라는 얘기다. 이때 다른 과 교수들과 이런저런 이야기를 하게 된다.

가수 서수남의 블로그를 재미있게 구독하고 있을 때였다. 그가 찾아간 맛집 이야기, 일상이나 여행에 대한 잔잔하고 일상적인 내용들이 사진과 함께 올라와 있는 블로그였다. 때마침 그의 생활을 다룬 방송도 나와서 재미있게 보았다. 혼자 사는 칠십대 노인이 건강을 유지하고, 자기 생활을 잘 관리하고, 친구들을 찾아가 만나며 여전히 작은 행사에 초청되어 노래도 하면서 즐겁게 활동을 이어가고 있었다.

방송에 대해 이야기하면서 "저도 그런 노인이 되었으면 좋겠어요"라고 말하자, 건너편에서 식사하던 분이 나를 보더니 "그러면, 선생님은 아이를 가수 시키실 거예요?"라고 날카롭게 반문했다. 농담으로 슬쩍 던지는 것이 아닌 60퍼센트는 진담인 수준이었다. 내가 그렇게 늙고 싶다는데 갑자기 왜 아이를 가수 시키는 쪽으로 넘어가나 의아했다.

이어진 이야기는 고등학생이 된 아이가 꿈도 희

망도 없고, 음악만 들으며 자기 방에서 나오지 않는다는 불평과 푸념이었다. 그분의 머릿속이 아이 문제로 가득 차 있으니, 슬기로운 노년기에 대한 얘기도 모두 자기 고민을 중심으로 재배치된 것이다. 거의 모든 의사는 십대를 모범생으로 보냈다. 그러니 사춘기를 타는 아이를 솔직히 이해하기 어렵고 '그럴 때가 아닌데 시간을 낭비하고 있다'는 생각에 지켜보는 마음이 불안하다. 그 불안을 표현해 동감을 얻고 싶었던 것이다.

바로 옆 테이블을 보니 열불을 토하면서 건강보험의 구조적 문제점을 지적하는 분이 있고, 병원 경영진이 자신이 일하는 과를 부당하게 대해 화가 나서 다 때려치우고 싶다는 분도 있었다. 밥이 잘 넘어가지 않고 목구멍에 걸리는 것 같았다. 빨리 밥을 욱여넣고 일어서는 수밖에 없었다. 이후로 식당에 갈 때에는 어느 자리가 비었는지 잘 살피고 앉는 버릇이 생겼다. 괜히 잘못 골라서 앉았다가는 불평과 불만이 내 음식 위에 후추가루처럼 뿌려질지도 모르니까.

그러던 중에 내 손에 들어와 읽은 책이 야마다 레이지의 『어른의 의무』였다. 그는 일본에서 자기만의 업을 일궈 존경받는 이들을 인터뷰하고 나서 좋은 어른의 세 가지 덕목을 이렇게 정리했다.

불평하지 않는다.
잘난 척하지 않는다.
기분 좋은 상태를 유지한다.

　나이가 들수록 자기가 살아온 세상이 옳고 좋았
다고 여기는 경향이 있다. 자기식의 가치관과 삶의
방식을 아래 세대에 본의 아니게 강요한다. 어른이
'꼰대'가 되는 순간이다. 그러니 젊은 사람들은 나이
든 이들을 피한다. 나이 든 사람들은 그들을 비난한
다. 배울 기회를 주는데 제 발로 걷어찬다고. 나이가
들면 아는 것도 경험한 것도 많으니 마음에 안 드는
것도 많아진다. 그러니 불평할 일도 많다. 하지만 야
마다 레이지가 만난 좋은 어른들은 그러지 말라고 한
다. 불만만 가득한 어른에게 다가오는 젊은이는 없으
니 어른들이 먼저 태도를 바꿔야 한다고.

　농경사회에서는 '나이가 많으면 경험도 많으
니 배울 게 있다'는 오래된 믿음이 통했다. 그러나 현
대사회에서는 가만히 있다가는 도태되기 쉬울 뿐이
다. 저자는 젊은이들이 아무 생각도 없을 리 없고, 많
은 것에 대해 생각하고 고민하고 행동하지만 연장자
에게 보여주지 않을 뿐이라고 말한다. 그들의 생각을

알고 존경받고 싶다면 본인의 태도와 행동을 바꾸는 것에서 시작해야 한다. 먼저 젊은 사람들을 붙잡아놓고 하는 말이 혹시 세상에 대한 이유 없는 불평불만이나 배설은 아닌지 고민해보라고 조언한다. 자기 자랑은 삼가고, 상대방이 자랑할 수 있게 해주는 것이 연장자의 기본 자세가 되어야 한다는 것이다.

무엇보다 어른이 되어서 세상에 대한 불평불만과 화로 가득 차 있지 않고 기분 좋은 상태를 유지할 수 있다면 그 사람은 아마 자기 인생을 나름대로 잘 살아온 사람이라고 볼 수 있을 것이다. 그런 사람은 아무 말도 하지 않더라도 젊은 사람들로 하여금 '멋지다', '나도 저렇게 되고 싶다'는 마음이 자연스럽게 들게 한다. 자기 경험을 장광설로 늘어놓기보다 우직하게 자기 인생을 잘 만들어내면, 그런 만족과 성취가 높은 자존감으로 이어진다. 지금까지 걸어온 인생에 만족하는 사람일수록 태도에 여유가 있고 기분 좋은 일상을 유지할 것이다. 이런 좋은 기분이 묻어난 표정이 바로 미묘하면서도 적확한 기준이 된다.

그날 식당에서 뭐가 불편했는지 그 책을 읽고 비로소 마음으로 이해가 되었다. 일종의 '거울치료'를 한 것이다. 당시 나도 술자리나 사석에서 불평과 불만을 뱉어내는 일이 많았다. 특히 친한 사람들과의 자리에서는 마음에 들지 않는 사회 시스템, 안하무인인 학계의 누군가를 안주거리로 올리곤 했다. 불평을 하면 마음속의 응어리나 불만스러웠던 일이 밖으로 나오니 잠시 기분이 좋아진다. 그럴 때 경계를 풀면 어느새 불평의 늪에 빠져 헤어나오지 못한다. 특히 내가 연장자이거나 윗사람인 경우에 바로 그 자리에서 반박하는 사람은 드물 수밖에 없다. 그러나 기분 좋은 자리가 성토의 자리, 냉소적인 비판의 자리가 된다는 것은 언젠가는 그 자리에 있는 사람 모두가 그 대상이 될 수 있다는 의미다. 그래서 주의하게 되고 점점 거리를 두게 될 것이다. 결과적으로 나는 함께 어울리기 불편한 사람이 되어버린다. 더구나 그 모든 것은 결국 내게 돌아온다. 지금은 그들이 조용히 고개를 끄덕이며 내 말을 듣고 있지만, 다른 자리에서는 나에 대해 똑같이 이야기할지 모른다. 그 생각까지 가니 오싹해졌다.

그래서 두 번째 덕목이 '잘난 척하지 않는다'로 이어진다. 내가 가진 것을 자랑하고 싶은 마음은 동서고금을 막론한 본능이다. 잘난 사람은 가만히 있어도 잘난 것이 드러난다지만 문제는 '척'이다. 잘난 사람도 잘난 '척'을 하면서 가진 것을 드러내면 이미 가진 것도 못나 보이거나 허상처럼 보인다. 오랜 노력

끝에 성공한 사람은 누가 알아봐주기를 바란다. 대놓고 보여주기도 하고, 은연중 드러내기도 한다. 명품, 좋은 차, 멋진 사무실, 별장이나 요트. 혹은 "아, 그 사람? 잘 알지. 통화 한번 할래?"라고 아는 척을 하거나, 함께 찍은 사진을 보여주는 것도 마찬가지다.

　　배우 이순재는 저널리스트 김지수와의 인터뷰에서 80세가 넘은 지금까지 일을 할 수 있었던 요인이 무엇이냐는 질문에 "약간은 손해를 보면서 살아야 큰 손해를 보지 않는다"고 말한다. 하나 더 먹겠다고 달려들면 갈등이 커지고 적이 생길 수밖에 없다. 조그만 손해는 감수하고 좀 모자란 듯 사는 게 좋다는 것이 그가 깨달은 삶의 법칙이었다. 잘난 척하지 않고, 하나하나 이기려고 하지 않고, 약간 손해 보듯 양보하고 사는 것. 나보다 인생의 경험치가 낮은 친구가 성취의 결과물을 보여줄 때, "겸손해야 해, 그건 별거 아니야", "나는 네 나이에 훨씬 많이 했어"라고 기를 죽일 게 아니라, 감탄과 호기심의 마음으로 대해야 한다. 그래야 그들이 나와 함께 있어줄 테니.

　　그래서 겸손이 핵심이다. 겸손은 나를 낮추는 듯하지만 실은 낮추는 것이 아니라 존재감을 그대로 드러내는 것이다. 나를 뒤로 물리는 것으로 상대를 배려하면서 편안함을 주려고 할수록 실제로는 '남이 나를 낮춰서 보지 않는' 역설적 효과가 있다. 외부의 인정과 칭찬에 일희일비하지 않으려는 노력에는 자신에 대한 안정적 자존감이 필요하다. 제대로 나이 먹는 것은 겸손을 쌓아가는 것이다. 남이 자신을 칭찬하고 좋은 소리를 한다고 손사래 치라는 것은 아니다. 물론 기쁘게 받아들일 일이다. 더 들뜨지만 않으면 된다.

마지막, '기분 좋은 상태를 유지한다'. 정말 중요한 이야기다. 기분은 전염성이 있다. 내 기분은 타인에게 전달된다. 그것도 위에서 아래로 흘러내려간다. 예를 들어 부장이 화가 나면 과장에게 내려가고, 과장은 억울해도 참고 받아낸다. 그걸 그대로 안고 있을 수 없으니 자리로 돌아와 팀원이 한 작은 실수를 놓고 박살을 낸다. 보통 때와 달리 더 강한 분노를 심어서 혼낸다. 자기가 울고 싶은데 남의 뺨을 때린 셈이다. 팀원도 과장을 들이받을 수 없으니 참는다. 퇴근 후 주린 배를 안고 식당에 갔는데 음식이 제대로 나오지 않으면 식당 점원을 상대로 화를 낸다. 감정은 이렇듯 금방 퍼진다. 우리가 의식하는 것보다 더 빠르고 강력하게.

내가 사회공동체의 맨 밑에 있으면 나 혼자 화나고 기분 나쁘면 그만이다. 내려보낼 곳이 없다. 하지만 내가 위에 있을수록 한번 아래로 내려간 나의 부정적 감정은 계단을 타고 더 밑으로 내려가서 나중에는 집채만 한 파도가 되어 맨 밑바닥 사람을 덮쳐버릴 수 있다(진료실에서 이야기를 듣다 보면 이렇게 휘말린 경우를 무척 많이 접한다). 나이가 들수록 이 부분을 특히 마음에 담고 있어야 한다. 나이가 들면 의도와는 상관없이 내 감정의 영향을 받는 사람이 주변에 깔려 있다.

좋은 어른의 세 가지 태도 중 가장 중요하고 평소 마음에 깊이 담아야 할 것은 '기분 좋은 상태를 유지한다'라고 생각한다. 방에 있다가 밖으로 나갈 때, 연구실에 있다가 진료실이나 병동에 갈 때 혼잣말을 한다. '기분 좋은 상태를 유지하자'고. 특히 피곤하고 지친 상태일 때는 의식적으로 되뇐다. 100이 아닌 120 정도로 기분을 끌어올리려고 한다. 그렇게 해야 겨우 100이 된다. 그 이하로는 금방 에너지가 떨어져서 표정 관리가 안 되거나, 돌발 상황이 생기면 짜증을 낼 위험이 있다. 들뜬 기분을 이야기하는 것이 아니다. 자신을 따르는 이들에게 영감과 자극을 주면서 이끌어가는 강력한 리더십을 말하는 것도 아니다. 그저 기분 좋은 상태, 네거티브가 아닌 포지티브 수준으로 유지 정도만 하자는 것이다.

쉽게 깊게 재미있게

내가 글쓰기를 좋아한다는 것은 대학교 2학년 때쯤 알게 됐다. 의예과 교양 수업에서 한 가지 주제에 대해 자유로운 에세이를 쓰는 과제를 받았다(글쓰기 수업은 아니었다). 호기롭게 200자 원고지를 꺼내서 뭔가를 끄적이기 시작했는데 정신을 차려보니 20매를 다 채웠다. 그때부터 여기저기에 뭔가를 썼다. 하이텔이 생긴 다음에는 게시판에 영화나 책에 대한 글을 쓰고 반응을 보고 댓글로 토론하기도 했고, 동아리에서 하는 공연의 대본도 썼다. 본과를 다니면서 대학 신문사의 문학상에 응모해서 희곡 부문 상을 받았는데 나중에 그 희곡이 다른 대학에서 공연에 오르기도 했다. 학교 앞의 사회과학 전문 서점을 배경으로 학생운동에 한창 열심인 2학년 남학생과 아무것도 모르는 새내기 여학생 사이에서 벌어지는 우스꽝스러운 사건의 연속인 로맨틱 코미디였다. 이 연극이 주목받았던 것은 당시 살벌하고 각박했던 시기에 교내에서 사랑 이야기를 하고, 학생운동에 대해 다루긴 하지만 재미있게 볼 수 있는 슬랩스틱 요소가 있었기 때문이 아닐까 싶다.

정신건강의학과 수련을 받는 중에는 글을 거의 쓰지 않았다. 그러다 전공의를 마치고 전문의로 근무하면서 본격적으로 글을 쓰고 책을 내기 시작한 게 이제 20년 정도가 되었다. 그동안 내 글에 대한 전반적인 평은 "어려울 수 있는 내용을 쉽고 재미있게 전달하는 전문가"인 것 같다. 가끔 리뷰에서 "이런 글은 나도 쓴다"는 내용을 보면 좌절감이 들기도 한다. 하지만 세상 사람들의 유형을 네 가지로 나눈다면 어려운 내용을 어렵게 이야기하는 사람, 쉬운 내용을 어렵게 꼬아서 이야기하는 사람, 쉬운 내용을 쉽게 이야기하는 사람, 어려운 내용을 쉽게 알아듣게 이야기하는 사람으로 나눠볼 수 있을 텐데 다행히 그중 네 번째로 꼽혔다는 것으로 위안을 삼는다. 몇 권의 심리 관련 책을 내고 나서 욕심이 생겼다. 소설 같은 글을 쓰고 싶어진 것이다. 이런 설정이 떠올랐다.

주인공은 정신과 의사로 일하고 있다. 진료실에서 약을 처방하고 짧은 시간 동안 의학적 모델로 증상을 상담하는 병원의 의사와 환자 관계에 한계를 느낀다. 직장을 그만두고 작은 술집을 열어 그곳을 찾아오는 손님의 이야기를 듣고 삶의 고충을 상담한다. 상담 세션과 약물 처방이 아닌, 음악과 적절한 술과 음식 그리고 작은 마음의 팁을 주는 것으로 치유를 하는 공간을 운영한다.

당시 한창 재미있게 보던 미국 드라마들이 영감을 주었고, 홍대 앞에 아는 의사들이 모여서 만든 작은 술집이 배경으로 그려졌다. 그 아이디어로 만든 책이 『심야 치유 식당』 시리즈로 오래전에 세상에 나왔다. 당시에는 이런 책이 흔치 않아서 사람들이 "나도 저런 공간에 가보고 싶다"는 반응이 많았고, 그런 바람을 실제 목소리로도 들을 수 있었다.

그 책을 쓰면서 만난 것이 일본의 극작가 이노우에 히사시의 아래와 같은 문구였다. 그는 자신의 책상위에 이 구절을 써놓고 명심하면서 글을 써왔다고 한다. 내가 고민하던 핵심이 바로 이 문구 속에 있었다. 마치 내게 글을 쓰는 길을 안내하는 것 같았다.

어려운 것을 쉽게, 쉬운 것을 깊게, 깊은 것을 재미있게.

어려운 것을 그대로 던지면서 "내가 이만큼 많이 알아"라고 자랑하듯 쓰는 글은 작가의 자기애적 만족일 뿐이다. 글을 읽는 사람이 처음부터 어려움을 느끼고 부담을 갖게 하기보다 가급적 허들을 낮춰서 쉽게 책을 펴 들게 하는 것이 무엇보다 우선이다. 하지만 마냥 쉽기만 한, 표면적이고 얕은 콘텐츠가 되어서는 안 된다. 그건 누구나 하는 일이니까. 쉬운 줄 알고 읽다 보면 "어랏?" 혹은 "아하!" 하는 모멘트가 있어야 한다. 그러니 쉬우면서도 깊게 들어가는 포인트가 필요하다. 또 깊게 들어간다고 좋기만 한 것은 아니다. 슬쩍만 깊게 들어가도 글은 금세 심각해지고, 너무 심각해지면 주의가 흐트러져 다른 길로 샐 수도 있으니까. 그럴 때 필요한 것이 재미다. 깊은 것을 재미있게 만들어야 한다. 재미를 얹어서 전달해야 사유의 깊은 의미가 읽는 사람의 마음 안으로 꿀꺽 들어간다.

스토리텔링에 대한 고민을 할 때 보통 3요소를 말한다. 어떤 이야기를 하기에 앞서 재미, 감동, 교훈의 세 가지 중 두 가지를 담고 있는지 검토하라는 것이다. 재미있으면서 감동적인지, 감동적이면서도 교훈을 주는지. 말을 하기 전 혹은 글로 전달하기 전에 생각해본다. 세 가지가 모두 있으면 아주 끝내주는 이야기가 되고, 한 가지만 있다면 오래 가는 스토리로서는 가치가 떨어진다.

나중에 이노우에 히사시의 문구가 원래는 더 길다는 것을 알게 되었다.

어려운 것을 쉽게, 쉬운 것을 깊게, 깊은 것을 재미있게, 재미있는 것을 진지하게, 진지한

것을 유쾌하게, 그리고 유쾌한 것을 어디까지나
유쾌하게.

　재미있는 내용이지만 살짝 진지한 포인트가 필
요할 때가 있다. 그렇지만 진지하기만 한 것은 전달
되지 않으니 절대 잊지 말아야 할 것이 유쾌함이다.
유쾌한 마무리가 있다면, 유쾌한 공기 안에 진지함과
깊이가 있다면 전체적으로 성공할 확률이 높다. 오랫
동안 극작가로 살아남고 또 성공한 이노우에 히사시
의 비결이었던 것이다.

　이 모든 것을 다 따라 하기는 어려울 것 같다. 그
래서 앞의 세 개만이라도 잊지 않으려고 한다. "어려
운 것을 쉽게, 쉬운 것을 깊게, 깊은 것을 재미있게."
개인적으로 이 명제를 실천하려 노력함에 있어 내게
가장 어려운 부분은 '재미있게'다. 다른 사람의 글을
읽으면서 유머 감각, 상황을 뒤틀어보는 콩트적 능력
에 피식피식 웃을 때가 많다.

　그런데 내가 막상 글을 쓸 때에는 이 부분이 제
일 힘들다. 의도하면 오버가 되고, 편집자나 독자는
의외의 곳에서 재미있다고 하지만 타율이 낮은 편이
다. 앞으로는 재미를 증진시키는 방향으로 노력하고
싶은데 사람의 본성이 바뀌기 어렵듯, 글 또한 쓰면

쓸수록 내가 원하는 대로 되지 않는 것 같다. 그래서
먼저 재미있는 사람이 되고 싶다.

나를 만든 세계, 내가 만든 세계
'아무튼'은 나에게 기쁨이자 즐거움이 되는,
생각만 해도 좋은 한 가지를 담은 에세이 시리즈입니다.
위고, **제철소**, **코난북스**, 세 출판사가 함께 펴냅니다.

아무튼, 명언

초판 1쇄 2025년 1월 20일
초판 2쇄 2025년 2월 25일

지은이 하지현
편집 김아영, 곽성하
디자인 이지선
제작 세걸음

펴낸곳 위고
펴낸이 조소정, 이재현
등록 제2012-000115호
주소 경기도 파주시 돌곶이길 180-38 1층
전화 031-946-9276
팩스 031-946-9277

hugo@hugobooks.co.kr
hugobooks.co.kr

ISBN 979-11-93044-24-7 02810

이 저서는 2024년도 건국대학교 저역서발간연구비 지원에 의한 결과입니다.